爸爸谢谢你！

嘻哈版 故事会

徐顾洲/编

感恩故事

GANEN GUSHi

懂得感恩才会赢得尊重

兵器工业出版社

图书在版编目(CIP)数据

感恩故事:懂得感恩才会赢得尊重 / 徐顾洲编. —北京:
兵器工业出版社,2013.1(2018.3 重印)
（嘻哈版故事会）
ISBN 978 - 7 - 80248 - 889 - 2

Ⅰ.①感… Ⅱ.①徐… Ⅲ.①儿童故事—作品集—世界
Ⅳ.①I18

中国版本图书馆 CIP 数据核字(2013)第 009512 号

感恩故事:懂得感恩才会赢得尊重

出版发行:兵器工业出版社

封面设计:北京盛世博悦

责任编辑:宋丽华

总 策 划:北京辉煌鸿图文化发展有限公司

社　　址:100089　北京市海淀区车道沟 10 号

经　　销:各地新华书店

印　　刷:北京一鑫印务有限责任公司
　　　　　（北京市顺义区北务镇政府西 200 米）

开　　本:710mm ×1000mm　1/16

印　　张:13

字　　数:129 千字

印　　次:2018 年 3 月第 1 版第 2 次印刷

定　　价:29.80 元

内容简介

正如苏格拉底告诫他的弟子："人生就是一次无法重复的选择。"人生没有彩排的机会，每个人的命运都是不同的。而这些不同的经历和故事给后人带来丰富多彩的体验，无论欢喜或是伤悲，都极具借鉴意义。

感恩是一种人生态度，帮你抚平繁杂的心绪，引领你走出心灵的桎梏，为你创造幸福人生，收获虚怀若谷的大智慧。本书为青少年朋友精选了200则生动鲜活的经典感恩小故事，全书分为四个章节，它们每50个独立成章，分别从感恩情深似海的父母，感恩肝胆相照的朋友，感恩呕心沥血的老师，感恩酸甜苦辣的人生四个方面或者以平实的叙事，或者以真挚的情感，或者以精辟的感恩箴言，向青少年讲述了报答父母的养育、珍惜朋友的相伴和感谢老师的教诲，以及如何面对生活赐予我们的苦难和幸福。让青少年在这些爱的故事中，传递爱的力量，唤醒心中爱的能量。每段小故事的结尾，我们都用简短而深刻的感悟加以解读，以此来启迪和教育青少年，懂得珍惜和感恩，帮助青少年培养美好的品质，树立对生活和社会的责任感。

第一章　父爱如山，母爱无疆——
半生风雨兼程，终身不离不弃

嘻哈版 故事会

第二章　友谊之光，温暖永恒——
　　　　驱走人生旅途中心灵的寂寞

第三章　春风化雨，心香一柱——
开启智慧之门的引领者

第四章　感恩生活，传递爱心——
感恩的终点是爱心接力

第一章
父爱如山，母爱无疆——
半生风雨兼程，终身不离不弃

父爱无声

父亲今年41岁，个子很高。一件深蓝色的西服，一条黑色的裤子，穿在身上笔挺合身。几道深深的皱纹镶嵌在"国"字脸上，谈笑间常常露出整齐洁白的牙齿，显得可爱又可敬。

我从小体弱多病，几乎每个学期都会有三分之一的时间在病痛中度过，为了使我不耽误功课，父亲把他所有的爱，都倾注在我的身上。记得刚上学那年，我得了一场大病，父亲几乎每天都要陪我去医院。有一次，我病情严重，需要从当地的医院转到省城大医院，入院费高达1.5万元，这对已经身心疲惫的父亲来说，无疑是雪上加霜，一夜间他的头发愁白了很多，额上的皱纹也加深了。当初挺拔笔直的腰板似乎也因不堪重负变得弯曲了，接连多日的折磨使他瘦了一圈。因为转院的时间仓促，我的衣服没带足，又遭遇当地连绵阴雨，气温急转直下。父亲一边焦急地往病房外走，一边对妈妈说："我给孩子买些衣服去。"

"好，把那30元钱拿上。"妈妈嘱咐着。

这30块钱是父母三天的饭钱，父亲拿上钱，拖着沉重的双腿，冒着大雨，步行到离医院几百米远的商场去给我买衣服。当父亲抱着用塑料袋裹得严严实实的新衣服，湿漉漉地站在病房门口时，我的眼泪一下子夺眶而出，不禁哽咽叫了声"爸爸……"父亲努力地冲我笑笑，说："男子汉，哭什么！"

后来我终于痊愈出院，回到家里，为了给我补充营养，父亲全然不顾疲惫的身体，依然省吃俭用，无微不至地照顾我。每天去学校，父亲都准时接送我，我不仅没有因病休学，继续跟上原来的班级上课，而且在父亲不断地鼓励下，经过一番努力，在期末考试中，我还考了全班第二名。父亲手捧着成绩单，微笑着对我说："好小子，你没有辜负爸爸对你的期望啊！好样的！"

从小我就是这样长大，伴随我的有病痛，有父亲的照顾，也有父亲的认同。每当想到这些，我就忍不住一再地告诫自己，要用更好的成绩，来报答父亲对我的无私呵护，不辜负他对我的期望。

人都说"父爱如山"。的确，父亲给我的关爱像一首无字的歌，悄无声息却终将伴我一生。

最后，让我再说一遍：父亲，谢谢您，我爱您！

感恩寄语

一个体弱多病的少年，他每学期有超过三分之一的时间在医院的病床上度过。是什么使他在同龄人中出类拔萃？除了很强的自尊心，更重要的是父亲那重如山、深如海的厚爱，无微不至的关怀和坚定信心的认同感。

父爱的表达

　　我是家里的老大，平时和爸爸的关系是最亲近的。大学毕业以后，我在别的城市找到一份待遇不错的工作，只是这样一来，回家看望父母的机会就少了。一次单位放假，我终于有时间和爸妈团聚了。见到我回来，父亲表面上看并没有流露出欣喜若狂的样子，但是我能感觉到他心里有说不出的高兴。吃过晚饭，父亲叫上我和他一起在院子里聊聊天、散散步。记得小时候，每天吃过晚饭，都会跟父亲一起散步、聊天、玩耍，那是我最快乐的童年记忆了，可如今，我已经好多年没有和父亲一起散步了。

　　爸爸似乎想和我说什么，却始终沉默着。一圈一圈地走累了，我们就坐在树下，父亲突然指着枝头上的苹果问我："儿子，你告诉爸爸那是什么？"

　　"爸，那是一个还没熟的苹果。"我诧异地看着爸爸。

　　"那是什么？儿子。"爸爸又问了我一遍。

　　"爸，你怎么了？我都说了，那是一个没熟的苹果。"我又大声地重复了一遍。"告诉我那是什么？"父亲还在重复那句话。

　　"苹果！"

　　"是什么？"

　　"苹果，还没熟的苹果，还没听见吗！"我有些不耐烦了，甚至有些生气，父亲这是怎么了？平时他的耳朵也不背啊！

听到我有些不耐烦的语气，父亲并没有说什么，慢慢起身走开了。我坐在那里没有动，脑子还在疑惑着究竟是怎么回事。过了一会儿，父亲从屋里出来了，手里拿着一个已经破得不成样子的笔记本。父亲告诉我这是他早些年里写的日记，如今已经攒了整整一箱了。他翻到25年前的一页，递给我看：

"今天下午，我带着宝贝儿子到院子里走了一会儿。他才两岁，那么小，好期盼他能快点长大。和儿子坐在树下，儿子发现有一个青苹果在树枝上挂着，便好奇地问我：'爸爸，树上的那个球球是什么？'我告诉他，那是苹果，还没有成熟的苹果。隔了一小会儿，儿子又问了我一遍，一连问了11遍，每次我都耐心地告诉他。儿子有着很强的好奇心，看到什么都要问上好几遍才肯罢休，而此时，也是我最能体

现父亲价值的时候了，有些自豪，真高兴！真希望他长大了我们也能这个样子。"

看完这段话，我已经泣不成声了。父亲对我的爱是那么厚重和宽容，可我又是如何回报父亲的呢！我向父亲深深地鞠躬，紧紧地握着父亲的手说："爸，对不起！今后我再也不会这样和您说话了，您原谅我！"

父亲笑着点点头，示意我坐下，语重心长地对我说："儿子，如今你也有了自己的事业，工作上忙，压力也大，难免会对一些细节不够注意，但无论你取得多么大的成绩都不要骄躁，知道吗？"我含着泪水点了点头，紧紧地抱住了父亲。我在心里对自己发誓：要用全部的爱来回报父亲。

感恩寄语

　　我们在父母的眼里永远是长不大的孩子，而往往随着我们年龄的增长，会对父母的关怀和问候，显得不耐烦，甚至厌烦。然而，那是父母对爱的一种表达，也许唠叨，也许琐碎，但却饱含着他们无限的爱。所以，要懂得感恩，学会用耐心和体贴去接受父母的唠叨，那会让他们很快乐，更会带给你快乐。

父亲与我的距离

　　那年父母离婚了。此后父亲离群索居一直未娶，我和母亲则随着继父住在了另一个城市。从此，父亲杳无音信，再也没有见过他。

　　在我的印象里，父亲一直嗜酒，母亲多次劝他，也经常为他伤心流泪，但他却始终不知悔改。就在三年前，他的脾气也越发固执、粗暴，甚至把我和母亲当成了他的累赘。后来母亲忍无可忍，决定和他离婚。

　　那是一个风和日丽的清晨，本应是个心情愉快的日子。在父亲的房间里，却弥漫着难以名状的忧伤。母亲独自收拾着行李，父亲则坐在角落里，低头猛吸着烟。随后母亲把收拾好的行李，搬到了一辆租来的车上，然后拉起我往屋外走。当快出家门时，我忍不住回头看了父亲一眼，阳光从窗格子透射到父亲坐的角落，透过那慢慢腾起的烟雾，父亲终于抬起了他深埋着的头，那绝望无助的眼神至今使

《留着胡须的老人》
梵高（1885 年 12 月）

　　父母也是不完美，甚至是有很大瑕疵的。但他们无论成功与否，高尚与否，对子女的爱来说，都是一样的，是那么深沉而又单纯。

我难以忘怀……

　　如今已是高中生的我，渐渐淡忘了过去的事，然而那天放学后看到的一幕，使我的记忆又重新清晰起来。当我和几个同学一起走出校门，看到一个形容枯槁，脸色苍白的男人站在校门口，沧桑的眼神流露出深切的盼望。一瞬间，我认出了这个人就是父亲。突然间看到他，我非常吃惊，想喊一声父亲，但想到有同学在这里，话到嘴边又咽了回去，此刻真恨不得能找个地缝钻进去。这时我看到父亲的嘴动了动，仿佛也想喊出我的名字，但当他看到了我冷漠的眼神，最后也没有喊出来。

　　几天后，突然收到父亲去世的消息，我回到老家为父亲举行葬礼。大伯把父亲临终前留下的盒子递给我，打开盒子，里面放着旧相片和我儿时玩过的一些小玩具，还有一封写给我和母亲的信，当我把信拆开，刚读到一半时，已禁不住热泪盈眶。原来父亲三年前被确诊患了肝癌，我们却对此毫不知情。

　　此刻，又想起了母亲带我从家里搬出来的情景，还有挥之不去的父亲那绝望而又无助的眼神……心里如同刀绞，原来父亲竟是以这样一种近乎残酷的方式诠释着对我和母亲的爱！如果，如果时间可以回到三年前，如果父亲现在还健在，我愿意付出一切来报答他；我想当着他的面对他说声"对不起"；我想告诉他，我很爱他。父亲，您在另一个世界会有感知吗？

感恩寄语

　　父爱的表达有很多种方式，也许它躲在恨铁不成钢的背后，也许它藏在冷漠的身后，但它始终存在，并且从未远离。

饭桌旁的高凳子

　　小雨的娘在他7岁的时候就不在了，10岁时父亲娶了个后妈，也就是他现在的母亲。乡亲们都说："后娘的心就是夏天正午的太阳，火辣辣地毒。"他们的眼睛似乎告诉小雨，更悲惨的生活还在后面。其实，即使乡亲们不说，在书籍和电影中也看了太多太多的关于"继母"的故事，所以，从母亲进门的一瞬间，小雨看她的目光中就充满了敌意。

　　小雨的父亲是乡村小学一名代课老师，日子过得非常清苦，一间茅草屋，两张破床，还有一张最值钱的传了几代的大方桌，母亲进了家门后多种了两亩地。尽管生活依然拮据，但毕竟开始慢慢好转。每天，一家人都会围在大方桌旁吃饭。那个时候，青菜饭、萝卜饭是最普通的，但对于他们也显得有点儿奢侈，父亲经常拷问小雨一些学习的事情，而母亲常常坐在一把高高的大凳上，高高举起手中的碗，吃得津津有味。

　　小雨则坐在一个刚好够着大方桌的矮凳上。他心中充满了委屈，随意地挑拨着碗中让人难以下咽的饭："妈妈在时，我一直都在用那大高凳。可现在……更气愤的是，我都不知道她吃的什么好吃的。"

　　终于，小雨想到一个让母亲知道他不是好欺负的办法，他找到一把小钢锯。趁着母亲下地干活的空档，他搬来那张大高凳，选择一条腿，从内侧往外锯，一直锯到剩下一层表皮，从外面看不出有问题。但小雨知道，只要有些重量的人坐上去就一定会摔跟头。

　　中午，母亲回来烧好了青菜饭，先给小雨和他父亲各端了一碗。

小雨低着头坐在自己的位置上，埋头吃饭，心里紧张不已，期待着发生意外。母亲照旧端着她的大碗，坐在大高凳上，手中的碗依然高高地举着，吃得津津有味。小雨的计划落空了，她居然安然无恙。

小雨一边应付着父亲的问题，一边悄悄地把脚伸到母亲的高凳旁，想把那条断腿踢折，可是最终也未能如愿。调皮的小雨故意把筷子丢到桌下，然后俯身去捡，同时脚用力一蹬，"喀嚓"一声，毫不知情的母亲怎么也不会想到凳腿会断，"哎哟"一声被结结实实地摔到地上。但是碗没碎，因为母亲摔下来的时候牢牢地握着它，尽力保护着它，碗里的青菜撒了一地，母亲衣服里、脖子里也沾满了。原来母亲的碗里只有青黄的菜叶，零星地沾着几个米粒！那几个没有下咽的米粒，映衬在青菜叶上显得诱人又珍贵！

小雨恍然大悟，母亲是为了不让他看见碗里枯黄的青菜，才故意坐那么高，故意把碗举那么高，而把大米饭留给了他和父亲！

就在父亲生气地举起手来准备打小雨屁股的时候，他已经无比羞愧地扑进还坐在地上的母亲的怀里，终于发自内心地喊出了他的第一声："妈妈……"

从此以后，小雨就像爱自己的亲生母亲一样，对这个后妈充满着无限的感激。

感恩寄语

故事中讲述了一个继母给儿子的关怀和爱，通过故事可以看到，母爱可以跨越血缘的隔阂，一样可以达到"高凳子"的高度。对于同样伟大的母爱，谁也无法无动于衷。像对亲生妈妈一样对她，便是最好的感恩。

爱的方式

父亲到底爱不爱我？这是我经常静静自忖的问题，但却始终找不到答案！

记得母亲在长春生下我的时候，父亲却远在大连攻读博士学位。后来听妈妈说，当父亲得知我出生的消息后，连夜从大连往回赶，在火车上足足站了十几个小时，当他风尘仆仆地赶到家时，连洗漱都顾不上，一把抱起只有一尺来长的我，禁不住潸然泪下。

说句心里话，对于父亲，我一直对他敬畏有加。因为他一直相信"严父出孝子"或是"慈母多败子"的道理。在我成长的岁月里，父亲也从一个学生变成老师、教授、校园里最年轻的博士生导师。记得我5岁时，全家搬到了大连，从此便开始了我暗无天日、水深火热的苦难学习历程，每当同学们在外面嬉戏玩耍时，我却独自在家痛苦地进行着额外的"加码"。有时还会因为对他额外加的作业偷懒耍滑或不认真完成，遭到一顿家常便饭式的打骂。

记不清从什么时候开始，我有了反抗的意识，并且这种思想已经深入骨髓，可以说我的成长历程就是一部与父亲交锋的战斗史。随着慢慢长大，父子间的斗争也逐渐升级，卷入战争的人也越来越多。开始是母亲，后来延伸到了学校的老师。但不管是谁，父亲在我的问题上一向说一不二，独裁专制。

多少人羡慕我有个学识渊博、正直善良、风趣幽默的父亲，他甚至在课堂上和学生们一起聊曼联、米兰或是乔丹、皮蓬……而我却觉得，正因为他学识渊博，才从来不肯听取我的任何意见。"你懂什么？我告诉你的都是对的，都是为了你好！"这些话早已塞满我的耳朵，甚至发展到后来"帮助"我选择了理科、选择了大学和专业；而他的风趣幽默却从来没有在我面前展现过。在他眼里，我只是他所有学生中他最不满意的一个"学生"而已。

浑浑噩噩，终于熬过了高中三年，最后，无奈的父亲带着只差两分的遗憾把我送进了南方的一所轻工业学院，而我当时却暗自窃喜——终于挣脱了他的束缚！

如今我已为人父，才深切体会到父亲的爱是那么沉重！多希望时间可以重新回去，我一定听从他的所有安排，让他开心，可惜直到今天我才明白。

感恩寄语

面对父亲的用心良苦，我们总是不以为然，只有当自己为人父母时，才能体会这份爱的深刻和沉重。父爱的深沉，需要我们一生去感受，去体会，去报答。

父爱的高度

看露天电影早已成为我记忆中久远的往事了。

小时候，我还住在偏远的乡下，任何娱乐对我来说都是奢望。但每逢听说哪个村子放电影，周围十里八村的大人小孩都会赶着去凑热闹，坐在那露天的空场上，满场人头攒动、黑压压的一片，那景象真叫一个壮观！

那时的父亲很年轻，也是个电影迷。每逢盼到放电影的时候，父亲总会不辞辛苦地蹬着他那辆无法再永久下去的老"永久"自行车，驮着我摸黑骑上好几公里路去赶热闹。

等赶到电影场，父亲把车子在身边一撑，远远地站在后面。那时的我还没有大人们坐的板凳高，每当这时，父亲就毫不费力地把我举起来，坐在他的脖子上，一直到电影结束才放下来。记得有一次，我们一起看《白蛇传》，当时我竟不知不觉骑在父亲的脖子上睡着了，后来还尿了父亲一身，当时他一边拍着我的屁股一边笑着说："嗨！嗨！'水漫金山'喽。"

一晃就是十几年，现在的我已经长得比父亲还高大魁梧，再也不用靠父亲的肩头撑高了。

这次春节回老家，又赶上放电影，儿时的玩伴邀我一同去凑热闹。来到电影场，找个位置站定。这时，一对父子站在不远处，小孩嚷嚷着看不见，如同当年父亲的动作一样，那位父亲一边说着："这里谁也没有你的位置好！"一边托起孩子骑在了自己的脖子上。孩子在高处"咯咯"地笑着。我被此情此景感动了，眼前的这一幕不正是我多年苦苦寻找的最能代表父爱的动作吗？诸多往事再次跃入脑海，我再也无心看电影了，独自回家、敲门。父亲披着上衣来开门："怎么这么早就回来了，电影不好看吗？"看着昏黄的灯光里父亲花白的头发和那已明显驼下去的脊背，我的泪水不住地往下淌，我没有回答，只默默地把大衣披在了父亲那单薄的肩上……

　　是啊，父亲一生都在为儿子做着基石。为了儿子的理想，哪怕仅仅是一个看电影的小要求，都会不辞劳苦地托着，竟不知不觉间累弯了腰……无论人生的坐标有多高，都高不出那份父爱的高度，虽然它是无形的，但在每个孩子心里都有把尺。

感恩寄语

　　父爱的高度，能用什么尺来衡量呢？只有当自己成为父亲的时候，才能体会那种发自内心的无私的爱，才能更好地理解这无形的高度，才会更好地回报父亲。

奇 迹

在遥远的大西洋上，一位年轻的父亲带着他的小女儿坐在船舱里，透过船舱的窗户，他们正眺望着一望无际的大海，一心盼望着能快些到美国与妻子团聚。

父亲正站在窗边一边削着苹果一边给女儿讲着美国当地的风情和故事。突然一阵海浪打过来，轮船随之剧烈地颠簸起来，他不慎随着突如其来的震动摔倒，不幸的是，手中的水果刀恰巧扎进胸口，他疼得全身忍不住颤抖了起来，嘴唇发紫，血流不止。

小女儿被这突然的一幕吓呆了，怔怔地坐在那里不知如何是好，父亲却镇定地微笑着对她说："没事的，我的小天使，爸爸只是摔了一跤，别担心。"说着他吃力地从地上爬起来，趁女儿不注意，转过身快速地从胸前拔

《美杜莎之筏》 席里柯 (1819 年)

父爱是无私的，甚至是不计后果的。强大的父爱可以创造人间的奇迹，即使是在最孤独、无助的汪洋大海上，他也会像一叶扁舟，托起明天的希望。

出了刀子，揩去了刀锋上的血迹。

在接下来的三天里，他每天依然照常带着小女儿到甲板上看海、逗海鸥；晚上还为女儿唱歌、讲故事、哄她入睡；清晨，还精心地为女儿扎上漂亮的蝴蝶结……然而，小女儿却丝毫没有注意到父亲渐渐忧伤的眼神，他的面色日渐苍白，体力也渐渐不支。就在抵达纽约的前夜，他静静地对女儿说："明天见到妈妈时，请替我告诉她，我爱她。"女儿不解地抬起脸来问道："您为什么不直接告诉她呢？"父亲默默地注视着面前的女儿，只是淡淡地一笑。

船终于抵达了纽约港，在熙熙攘攘的人群里，女儿一眼便认出了母亲，她一边大喊着，一边扎进了母亲的怀抱。就在这时，人群中突然一片哗然，当女儿回过头时，却看见父亲仰面倒在地上，胸口血如井喷，染红了地面，染红了整个天空……

尸解的结果让所有在场的人惊呆了：脆弱的心脏被那把水果刀无比精确地刺穿了，而他竟然忍着剧痛坚强地活了三天！

在最后的医学会议上，大家都认为这个病例是医学史上的一大奇迹。然而坐在首席位置上，头发花白的老教授，却在人们的议论声中一字一顿地说道："这个奇迹的名字就叫父爱。"

感恩寄语

只有爱能超越疼痛，只有爱能将生命延续，只有爱才能创下这样的奇迹！在这奇迹的背后，又融进了多少刻骨铭心的感动和悲怆……让我们对父母多一些感恩的心，多一些关怀，那是值得我们一生守护和珍惜的爱。

沉重的父爱

　　他出生在大山的一个偏僻的小村落，自幼失去了母亲，和残疾的父亲相依为命。

　　小时候他胆子很小，甚至一个雷声都会把他吓坏，他们住的茅屋四壁漏风，但他知道，有爸爸在一切都不可怕了，尽管他只有一条腿。

　　村里唯一的一所学校又小又破。父亲极力让他在那所小学校里读书。他的学习很好，可是考上了初中时，他却不想再读书了，因为父亲没有钱。到开学时，父亲东拼西借地凑足了学费，让他上了中学。

　　他没有辜负父亲，顺利地考上了高中，父亲跑遍了所有亲戚朋友和乡亲的家，为他借来了学费，供他继续读书。

　　终于，他拼尽全力地奋斗了三年，成功地考上了大学。那天，笑容在父亲老树皮一样的皱纹里绽放了，那干枯的笑容洋溢着无限的幸福，就像绽放的菊花一样，然而，还没等他们尽情享受这来之不易的喜悦，又为学费发起愁来。最后倔强的父亲还是帮他凑齐了学费，他问父亲钱是哪来的，父亲却说："你能把书读好就行了，我总有办法的。"

　　上了大学后，懂事的他开始利用业余时间打工做家教，不再从家里要钱。

　　毕业后，他找到了很好的工作，在大城市里买了房，娶了妻，生了子，他多次要把父亲接来，但父亲说舍不得离开大山，始终不肯过来。

　　后来因为一直忙于工作，他很难再回家看看父亲，只是一直给家里寄钱。

父亲则每次让人代笔写回信说"我有钱，你们留着用吧。"

突然有一天他听到了父亲去世的噩耗，他连夜赶往大山。进到昔日的小屋，看见父亲直挺挺地躺在门板上，头顶一边有只盛满了米的碗，上面点着三炷香，旁边唯一的亲人——姑姑正伤心地哭泣着。

后来从姑姑的口中得知：他上学的钱除了少数是从亲戚朋友那里借的外，绝大多数都是父亲卖血换来的，甚至他有病了也从未吃过药打过针。

听到这里，他的泪水夺眶而出，他没想到自己受教育的钱，是早已体弱多病的父亲用自己的血换来的，他感觉以前理解的父爱是何等肤浅！回忆过去，他深深地自责，无法自已，跪在父亲床前，任眼泪横流……

感恩寄语

父爱的表达总是如此地无私和沉重，他总是用一种沉默而坚定的爱，守护在我们成长的路上。虽然我们长大成人，成家立业，他也从不愿意为我们增加任何负担，不求任何回报，这就是父爱的表达。

最美味的饺子

　　小雪自幼就是个苦命的孩子，但如今的她却是那么幸福，那么知足……

　　小雪出生时母亲因为难产大出血，在她出生后的第二天便离她而去了。父亲则是个实诚、憨厚朴实的庄稼汉子，父亲与她相依为命，一把屎一把尿地把小雪拉扯大，父亲不善言谈，平时言语很少，但却用自己那悄无声息地关爱，一直呵护着小雪……

　　虽然有时父亲还会显得笨手笨脚，但干起活来，却是认真又勤快。无论是家里活还是地里的农活，他都能收拾得井井有条。

　　小雪从小就很懂事、争气，那年，她凭着自己的刻苦，成为了村里唯一考上县重点中学的女孩，父亲着实高兴了很长时间。

　　那年的夏天出奇的热，当烈日高悬在头顶，火辣辣地烤着大地时，仿佛要把大地上所有东西都要烤焦似的。小雪此刻正坐在教室里，认真地听老师讲课，也许是因为这炙热的天气，她忽然感到一阵阵地烦燥，她随后忍不住向窗外望去。空旷的操场上，被阳光晒得一片刺眼的白，正在这时她隐约看见远处有一个瘦小的身影在校门口不住地徘徊，还不时地向里面怯生生地张望，好像在找着什么。在他手里还拎着一个用粗方格布包的包裹。她突然感觉那人好像是她的父亲。继而又转念一想不可能的！从家里到学校要走20多里的山路呢！何况这么热的天！难道家里出了什么要紧的事吗？小雪胡乱地猜着。

叮铃铃……放学的铃声终于响了起来。

小雪急匆匆地第一个冲出教室，当她跑到校门口时，看见那人果然是父亲。她高兴地拉着父亲的手，一起坐在不远处的树阴里。只见父亲憨憨地笑着把方格布解开，铺在地上。里面放着两个粗瓷大碗，口对着口。当父亲揭开上面的碗时，啊！是香喷喷的饺子！小雪惊喜地叫着，虽然饺子包得七扭八歪，但在小雪看来，每一个饺子都由内而外地散发着家的温馨。父亲依旧笑着把碗端起来递给女儿，又从袖筒里小心翼翼地取出一双筷子说："妮子，快吃吧！还热着哩！"小雪接过碗，眼中有些湿润地点点头，父亲仍旧沉默地蹲在那里，眯着眼睛，一眨不眨地看着女儿香香地吃着……

尽管此时头顶上的太阳依旧火辣辣的，路上依然车水马龙，小雪吃了有多长时间，没人知道，但是小雪吃了多久，父亲就蹲在那里专注地看了她多久。

都说父爱是无声的，此刻也只有小雪体会得最深刻，同时她也暗暗地以无言的行动来回报父亲……

感恩寄语

一碗饺子不仅包出了父亲默默的爱，而且融进了父女俩深厚的感情，父母为子女的付出是从来不计回报的。但是我们要理解他们的爱，学会理解和体谅他们，那将是对他们最好的报答方式。

父爱的姿势

　　父亲是个退役老兵，曾经参加过对越自卫反击战，当初冒着枪林弹雨，无所畏惧地闯过敌人的炮火线。到如今身为人父的他，却时时担心自己的孩子有半点闪失。

　　记得那年夏天，我还在读小学二年级，快放学的时候，天空突然阴沉下来，黑幽幽得仿佛锅底一般，同时伴着闷闷的雷声，没过多久，硕大的雨点如开闸一般顷刻间砸了下来。我此刻正无助地望着窗外倾盆的大雨不知所措，忽然看见父亲的身影出现在教室的门口，心中不由得一阵狂喜，一块石头也终于落了地。

　　在我们回家的路上，我和父亲在疾风暴雨中撑着一把伞，狂风把我们吹得前后摇晃，我们艰难地向家走着。此刻爸爸将那把伞几乎全部都撑在我的头顶，而他的大半个身子早已完全暴露在雨里，被淋得透湿。看我走得累了，他一把把我抱起来，让我骑在他的脖子上。父亲那热乎乎的脖子，与冰凉的雨水形成了多么鲜明的对比。

　　还有一次经历，使我至今难忘，在高中时，一次学校组织劳动，由于我坚持赤膊上阵，结果患上了重感冒。晚上，母亲在灶台为我做着面汤，父亲则默默地守在炕沿边，时刻盯着我，不时地帮我披披被角，一会儿又摸摸我的额头，一会儿又帮我量着体温。我迷迷糊糊地闭着眼，耳边传来父亲粗重的鼻息。接着他又搬了个小板凳，坐在灶前为我煎药。只见那熊熊的火光，映红了父亲那有些花白的头发，和那些不知何时爬上父亲脸的皱纹，当它们组合在一起时，仿佛是跨越了千年的化石，展现在我的眼前，让我心里顿感一阵阵地酸楚。父亲此刻正全神贯注地聆听着药壶里发出的"噗噗"的声响。直到多年后，一个偶然的机会，我欣赏到著名画家罗中立的名作《父亲》时，我顿时觉得画中的原型应该就是当年佝偻着身子，为我熬药的父亲。

还记得我高考的最后一天，当我最后一个有些慵懒地走出考场时，蓦地看到校门口的烈日下，孤独地站着一位老人，只见他正踮起脚尖费力地朝校园里边眺望。他那企盼的眼神和稍稍前倾的姿势至今仍在我的记忆里难以忘记——啊！竟是父亲！我万万没想到父亲居然徒步走了20公里的路，就是为了给儿子高考助威！那一刻，我如同海上的孤舟见到了小岛一样，朝父亲飞奔过去，而父亲也蹒跚着向我奔来……若干年后，当我再次读到朱自清的散文《背影》时，我的脑海

《皇家卫队的骑兵军官》
席里柯（19世纪）

无论父亲是强壮的，还是弱小的。在面对子女时，他们都是最勇武的战士，为了子女的幸福，一往无前。

里也会立时现出父亲当年仿佛企鹅般奔跑的姿势……

　　遗憾的是，父亲当年的种种姿势都没能拍下来。但它们却成为父亲留在我心中的一个个难忘的侧面，也正是这些不起眼的侧面，让我读出了其中的感动和敬畏——因为那些定格在记忆中的姿势，正是父爱的姿势。

感恩寄语

　　父亲的身影无论伟岸或是消瘦，姿势不论洒脱还是笨拙，所有这些都会集成一个完整的爱，这份爱会陪伴我们从呀呀学语到长大成人，而且随着时间的推移，日久弥新。

最后出售的童车

　　这是个寒冬的傍晚，街上的行人早已寥寥无几，只有路灯在马路两侧孤独地亮着。我正准备关门打烊时，这时一个民工模样的中年人一脚迈了进来，看得出来，他是刚刚从工地出来，还来不及换衣服，浑身上下都是土。

　　他在店里四下环顾着，向我询问了几款童车的价格。我暗暗心想，像这样的顾客估计很难有生意的。正想着，他扭过头笑着问我："老板，这款车能不能再便宜点？"

　　"已经是最低价了，"我有些不屑，冷漠地答道。他"哦"了一声，一边继续盯着那款童车，一边嘴里嘟囔着什么，仿佛在心里盘算着什么。随后把童车再次拿起来，提了提，接着又恋恋不舍地放下，如此反复了好几次。最后他一边自言自语地说："真是太贵了。"一边讪讪地走出了店门，可是没过多久，当我再次想关门时，那个男人再次出现在门口。

　　"老板，你看，都要关门了，俺不要你送货，便宜十块钱行吧？"看着他眼神中透出的祈求的样子，我无可奈何地点了点头。中年人高兴地合不拢嘴，一直不住地夸我是个好人。

　　当他提着童车走到门外时，艰难地把童车放在摩托车的后座上，接着又掏出一根绳索，一边用力地捆绑，一边笑着说："太好了，又能省下这十块钱喽。"把童车捆好后，他曲着腿跨上了摩托车。那姿势就像半蹲半站地骑在一匹奔驰着的骏马上的人，看上去有着说不出的别扭。

当摩托车摇摇晃晃地开到前方路口时，突然，因为和对面的汽车躲闪不及，只见他的车子摆动了几下后，重重地摔倒在地上。开车的司机一边叫骂着，一边从他身边开过去，中年人好久才狼狈地从地上爬起来。

我赶忙跑过去帮他扶起车，忽然见他手上渗出了血，但他好像根本没在意，嘴里还在不停念叨着："不得了了，新车子摔坏了！"

果然，那辆童车的塑料外壳已经裂开了一个口子。我不禁责怪道："省什么钱呢？你看，车子摔坏了吧？"

他却连连摇头说："我要赶紧回去，今天是儿子的生日，我已经答应儿子今天一定给他新车呢！但是这里距离俺家骑车要一个多小时，如果再回去晚了，儿子就该睡觉了。"此时，我感觉心底一热，不由分说将童车解下来，拎回了车行，重新为他换了一辆全新的。随后又给朋友打电话，叫来一辆车，嘱咐他一定要把货送到目的地。

中年人此时还局促地站在门口，慌忙掏出兜里仅有的几十块钱说："老板，我只有这几十块了。"我故作轻松地拍着他的肩膀说："不用了。我们不但送货上门，而且还可以免费保修。"

中年人闻听，不住地连声道谢，最后含着眼泪走远了……

感恩寄语

　　贫穷和苦难是无法阻挡父爱的付出的，面对父母亲无私的爱，我们要从小就学会感恩，懂得父母带给我们的一切是那么得来之不易，那是用汗水和爱为我们换来的生活。

为爱而存在

　　他因为工作的原因，已经好久没回家，如今终于如愿以偿，他可以陪着母亲看看电视，聊聊天。

　　他是一家公司的总经理，平时虽然有私人的秘书与司机，但在母亲的眼里，他永远是以前那懂事乖巧的儿子。

　　这一次，当母亲要他陪着去买鸡蛋时，他笑着点头说："好。"母亲要求去离家稍远的那一家超市，因为那里的鸡蛋便宜，1斤3.2元，而最近的这家要3.4元1斤。

　　当母子俩走到路边，他正准备打车时，母亲却说要坐26路车，因为26路车是超市的专用车，免费，别的公交车，要花两块钱。他又忍不住笑了，只得顺从地回应着说："好。"

　　当娘俩坐在免费的车上，他发现大部分都是跟母亲很熟的老人们，一听说作为儿子的他，是特意陪母亲去超市买鸡蛋时，那些老人们都不约而同地向他投去了温暖的微笑，就像是面对自己的孩子一样，让他感到心里暖暖的。

　　终于买了10斤鸡蛋，母亲高兴地拉着他的手，走到超市的休息椅前坐下，由于下一班26路车回来时，还需要一个小时，母亲就让他继续陪着她等。他此时心中十分不解，要知道在浪费的这一个小时里，自己的公司不知能创造多少利润了，但是，他却是极其孝顺的人，听了母亲的建议后，强忍着心中的不耐烦，继续陪着母亲等下一班车。

她们不停地聊着儿时的事，1 个小时很快就过去了。当她们下了车，他帮助母亲拎着鸡蛋，长吁出一口气。此时母亲兴奋地扳着手指算着，1 斤鸡蛋省两毛钱，10 斤鸡蛋省两元钱，来回的车费，两人省 4 元钱，加起来共省下 6 元钱。他在心里却叹了一口气，往返的时间可以让他的公司创造出更大的价值。

　　随后，母亲用省下的 6 元钱买下一个大西瓜。回到家，迫不及待地将西瓜切开，露出鲜红的瓜瓤。早已口渴难耐的他等不及地"呼噜呼噜"吃起来，好久没有这样痛快地吃西瓜了，他甚至感觉自己的吃相简直就像只小猪。看着面前狼吞虎咽的儿子，母亲不由得想起他小时候，因为家里穷，他常常在傍晚偷偷去捡吃剩的西瓜皮，然后在河里洗洗，便贪婪地啃起来。母亲知道后，还狠狠地教训了他一顿，然后自己用了 3 个晚上编织草绳，又用卖的钱给他买了西瓜，最后欣慰地在一旁看他像小猪那样贪婪地吃着。

　　此刻，当他看见母亲脸上露出的极大的满足与疼爱时，他忽然理解了母亲，她勤劳节俭地将自己养大，如今依然带给他满足与幸福。他笑了，庆幸自己耐住性子陪母亲省下 6 元钱。这 6 元钱，跟自己在公司创造的上万元相比，实际上是平等的，甚至份量更重。因为在某种意义上说，时间与金钱就是因为爱而存在。

感恩寄语

　　"为爱而存在"，多么深刻而令人回味的一句话啊！当时间与金钱真正为爱而生、为爱而存在时，它们也将成为无价！多陪伴已不再年轻的父母吧，对于他们来说，能常回家看看，多陪他们说说话，就是最大的回报，最令他们幸福的事情。

无奈的选择

老刘家新买了两室两厅的房子，本来已经到了自己享福的时候，没想到在这一次生病时，居然检查出癌症晚期。

当老刘孤独地躺在病房里，看着医院里那惨白的墙壁时，想到自己的病情，将不久于人世，心里就有种说不出的悲伤，于是老刘就和邻床乡下的老林头聊起了天，老哥俩商量着最后究竟死在哪里好的问题。只见老林头不假思索地说："自然是死在家里好了，叶落归根嘛！"没想到他果然说到做到，第二天就叫了他的儿子，收拾好行李出院了，出院前，他还不忘留下自己的电话号码，约定好日后联系。

看着老林头出院，老刘心里空落落的。刚巧，儿子来病房看他，于是就向儿子说了自己的想法，儿子听后，马上劝道："爸，您别瞎想了，就安心地住院治病吧！"老刘反驳说："我这病反正早晚也是个死，不如让我像老林头那样回家死得舒服安心。"儿子犹豫着没吱声。

《贺拉斯兄弟的宣誓》 大卫（19 世纪）
为了子女的幸福，父亲可以奉上他们的宝剑，可以奉上他们的财富，甚至是他们的生命。

转眼两个星期过去了。这天老刘觉得自己精神好些了，于是他试着下床，打算到病房外面走走。当他轻轻推开病房的门，深深地吸着走廊里清冷而又新鲜的空气时，正要继续往前走，忽然听到儿子和儿媳在走廊尽头的对话，他们正边说边往病房走来。从对话中得知，儿媳对他想要回家的事情根本不同意，觉得他真是老糊涂了，根本不为儿女着想，光想着自己。听到这里他连忙爬回到床上装睡，他实在想不通在回家这件事情上，作为一个离休干部，自己竟然还比不上一个乡下老头自由！想着想着，不知不觉间，泪水打湿了枕头。

等到儿子儿媳走后，老刘马上给老林头拨通了电话，想把自己的苦闷和他唠唠嗑。没想到在电话的那头，接听的却是老林头的儿子，他哽咽着说："爹三天前已经过世了。"老刘顿时呆住了，不知说什么好。就在这时，护士小田进来给他打针，他向小田提起了刚刚得知老林头去世的消息，小田也面带悲伤叹着气说："其实老林叔的病还是处在早期，如果手术及时还是可以治愈的，而且医院已经好几次向他说明了情况，还希望他能尽快手术，可他说，家里仅有的一点存款还要留给儿子结婚呢，实在担不起这昂贵的医疗费了，唉，真是可怜天下父母心啊！"

听了小田的几句话，老刘在那里愣了半晌，等护士走后，他马上拨通了儿子的手机，还没等儿子开口，就抢先说："孩子啊，爸爸现在想通了，在医院里挺好的，我不回家也没关系，只要你们能过得好……"

感恩寄语

这是感恩的反面教材，"可怜天下父母心"，尽管有时的选择是那么无奈，但其中却永远都保留着对儿女们的关爱，无论何时何地，在老人的心里，始终都把儿女放在第一位，这就是父母之心。

满袋的父母心

在劳改农场服刑的那段日子,令我(一个服刑中的犯人)终生难忘。

在那里能有亲人看望是最高兴的时候,但在一个来自甘肃的犯人张某(化名)身上,却始终没见过,在苦苦期盼了半年后,他终于急了,给家里写了一封断绝信。

因为家中实在太穷,他的爹娘连二十几元的路费都没有。当接到娃儿的断绝信时再也坐不住了,经过认真的考虑和准备,决定去看儿子。

他们弄出家里的平板车,仔细检查了轮胎。把家里仅有的一条稍新点的被子铺到车上,便朝劳改农场出发了。一路上,老两口始终交替不停地拉车。爹不忍心让他娘累着,就埋头拉车,被催得急了,才换班歇歇。

由于从早到晚地赶路,爹的鞋子很快就磨破了。天黑时,爹找个木棍把车一支,两人在大地里睡一会。等天蒙蒙亮,又开始赶路……就这样,100多里的路程,他们走了三天两夜。

那天当我们得知老两口从百里之外徒步拉着车来看儿子,在场的人都震惊了!尤其看到那双磨破的鞋中探出的黑色脚趾,围观的犯人和管教干部无不落泪。只听"扑通"一声,犯人张某重重地跪在了爹娘面前就是不起来。管教干部说:"谁也别管,他也该跪了。"

说完,他撇下犯人张某,硬拉着老两口到干部食堂,片刻工夫,满满两大碗汤面端了上来,老两口真的饿坏了,没有过多推让,原地一蹲，便大口大口地吃了起来，不一会就吃得精光，吃完之后，管教干部手里握了一大把零钱："大爷，大娘这是我们几个干部凑的 120 元钱，算我们一点心意。"然而不管怎么说，他们就是不肯收，嘴里还念叨着："这就够麻烦的了，咋能要你们的钱呢。"说着转过身对跪在地上的儿子说："娃儿，你在这里千万好好改造，等明年麦收了，我和你爹还来看你……"临走时，又费力从板车上拖下了一个大麻袋，说是等儿子饿的时候留着慢慢吃……

看着老人一步三回头渐渐远去的背影，犯人张某仍然跪着，满面泪痕。大家上前帮忙拾起麻袋。突然不小心，"砰"地麻袋摔在地上。一下子，一堆圆圆的东西滚了一地！我仔细一看，原来都是馒头，足足有几百个！大的、小的、圆的、扁的，竟然没有一个重样的，而且已经被晾得半干了。看到这些，曾以"铁石心肠"著称的我，刹那间再也控制不住自己的情绪。我也"扑通"一声跪下了。在场所有的犯人，也都齐齐地跪了下去！

这麻袋里装的哪里是馒头，分明是一袋鲜活的心，一袋父母心！

它刺痛着我的眼睛，更刺痛着我的灵魂！这时，我耳边传来一句撕心裂肺地嘶喊："爹，娘，我改！"那是犯人张某说的唯一的一句话，那简短的四个字响彻天际，重重地砸在我的心上。

感恩寄语

父母的爱，不仅是生活中无微不至的关爱，还是在我们误入歧途时的包容，感恩父母的爱，就要重新从跌倒的地方爬起来，让自己真正成为他们希望的样子，那便是对父母最好的报答。

感恩的心

　　有一个小女孩天生失语，爸爸在她很小的时候就去世了。她和妈妈相依为命，苦度岁月。每天很早的时候，妈妈就要出去工作，很晚才回来。每到日落时分，小女孩就开始站在家门口，充满期待地望着门前那条路，等妈妈回家。妈妈回来的时候是她一天中最快乐的时刻，因为妈妈每天回来都要给她带一块年糕。在她贫穷的家里，一块小小的年糕就是她能想到的最最可口的美味。

　　有一天，外面下着很大的雨，已经过了晚饭时间了，妈妈却还没有回来。小女孩站在家门口看啊看啊，总也看不到妈妈的身影。天，越来越黑，雨，越下越大，小女孩决定顺着妈妈每天回来的路，去迎接妈妈。她走啊走啊，走了很远，终于在路边看见倒在地上的妈妈。她使劲摇着妈妈的身体，妈妈却没有回答她。她以为妈妈太累了，睡着了。就把妈妈的头枕在自己的腿上，想让妈妈睡得舒服一些。但是这时她发现，妈妈的眼睛没有闭上。小女孩突然明白：妈妈可能已经死了！她感到恐惧，拉着妈妈的手使劲摇晃，却发现妈妈的手里还紧紧地拽着一块年糕……她拼命地哭着，却发不出一丁点儿的声音……

　　大雨一直不停地下着，小女孩也不知哭了多久。她知道妈妈再也不会醒来，现在就只剩下她自己。妈妈的眼睛为什么没有闭上呢？她是不是不放心自己？她突然明白了以后的路该怎么走。于是，她果断地擦干眼泪，决定用自己的语言来告诉妈妈，她一定会好好地活着，让妈妈放心地到另一个世界去……

　　在如织的雨幕中，小女孩一遍又一遍用手语唱着这首《感恩的心》，泪水和雨水混在一起，从她小小的却写满坚强的脸上滑过……"感恩的心，感谢有你，伴我一生，让我有勇气做我自己……感恩的心，感谢命运，花开花落，我一样会珍惜……"她就站在雨中不停歇地做着，直到妈妈的眼睛终于放心地闭上……

感谢天地，感谢命运，感谢一切，天地虽宽，道路坎坷，但是只要心中有爱，心存感恩，就会努力做我自己，花开花落我也一样会珍惜。

感恩寄语

生命是如此珍贵，我们要感激父母给予我们生命，感谢他们在我们成长的路上呵护备至，在生活的路上坚强地前行，也是我们对父母感恩的方式。

新房的钥匙

我终于在城里有了自己的"窝"！毕业后辛苦打拼了六年，我们终于用积攒的钱，按揭买了一套自己的房子，虽然楼层高了些，面积小了些，但我和妻子心中都洋溢着满足与幸福。

我的父母是地道的农民，为了供我们兄弟姐妹几个上学、结婚，两位老人累弯了腰，再也拿不出一分钱帮助我了。

在我们乔迁新居的大喜日子里，父亲特意从老家带了一只杀好的鸡，还有年前母亲腌的一坛咸菜赶来祝贺。刚进到屋里，只见父亲神秘地从衣服夹层里掏出了一个纸包，里面是一沓叠得整整齐齐的 3000 元钱，他不由分说地硬塞到我的手里，然后新奇地这屋走走，那屋站站，不住地自言自语道："这下好了，俺儿子也是城里人了。那些孩子在城里的老家伙们再也不敢在我面前夸口喽！"

不一会儿酒菜备好，我先敬了父亲一杯："爸，从今往后，这也是您和妈的家，那间阳面的屋子就

《嘉舍医师的画像》　梵高

记住，父亲脸上的忧愁不是为了能够从子女身上得到什么，而是为了如何能够更好的给予。

是专门给您二老准备的。"话一说完，我心里觉得发虚，仅仅二室一厅，还要给女儿住，又要当书房，哪里还腾得出来父母住的地方呀。

父亲好像压根也没当真，只是高兴地抿着嘴继续喝酒。这时，妻子走过来，敬了父亲一杯酒后，突然她手里变出一串亮闪闪的钥匙，轻轻放在父亲面前。"你这是干什么呢？"父亲满脸的疑惑，妻子把钥匙放进了父亲的手中，笑着说："爸，这是咱家的钥匙呀，我们每人一串，这一串是留给您和妈用的。"说着，她一边指点着一边继续对父亲说："这是楼梯口单元门的，这是防盗门的。这是卧室的……"

父亲被这突然出现的一串钥匙弄蒙了，躲闪着说："那怎么行呢？媳妇，我和你妈一年能来几趟呀！不行哩。"

妻子脸上洋溢着灿烂的笑容说："来一趟也是您的家呀。再说我们上班，家里白天经常没人，以后您不管啥时来，直接打开房门就可以进了……"

夕阳下，我们送父亲回家，父亲的脸微微透着红色，他小心翼翼地把钥匙在口袋里按了又按，小声对我说："儿啊，这下可好了，再给你们送东西，有钥匙就方便多了。不然到时候找不到你，又进不去屋，没准还会被小区保安当贼了呢！"

回过头来望了望父亲，我突然感觉脸有点发烧，到这时才明白，父亲接过钥匙并不是为了回村炫耀，却是为了送东西更方便……

感恩寄语

父母总是想尽办法为我们多付出点什么，或者为我们做点什么，他们从来不计回报，这就是父爱和母爱伟大的地方。作为儿女，我们不仅要对父母的付出感恩，还要以实际的行动让他们感受到我们的爱。

弓比弦长

小时候，儿子的头顶还不到人高马大的父亲的腰部，但儿子却经常缠着要比个儿。每当这时，父亲就笑他，说："这多明显啊，你还是个小不点儿呢！"

儿子不服气地说："哼，总有一天，我会超过你！"

后来，儿子上了初中，高中，大学，再后来参加工作，当了干部，仿佛一眨眼的工夫，个头就超过了父亲。闲来没事时，父子俩还是喜欢比个儿，不过现在换成了父亲主动提出来，而每当这时，父亲都会爽朗地大笑。

"来，比比看，比爸又高出了多少？"

这时，换成了父亲朝人高马大的儿子跟前一站，秃顶刚刚与儿子的肩膀平行，儿子就笑："咱俩不成了高尔基（低）啦！"

慢慢地，父亲老了，也渐渐地有些驼背，到了晚年驼得更厉害，整个身子像张弓一样！然而，没有"自知之明"的父亲，却非常喜欢儿子的旧衣裳，还常常拿出来穿，那样子很难看，前面长，后面短，而且还翘起很高，像赵本山扮演的老太婆一样滑稽！最有趣的是，每次只要看到儿子回家，都要强迫和儿子比个儿。

渐渐地，儿子仿佛读懂了父亲的心思：儿子是他的希望，是寄托，每次都是假借比个儿来衬托儿子的"高"，只要儿子能长大成人，哪怕自己化成一片枯叶、一撮黄泥，他也心甘情愿！

有一天，父亲又要和儿子比个儿。

儿子说："爸，别比了……"

父亲说："为啥？是嫌爸太矮了，不配和你比？"

"不，不是这个意思。"儿子强忍着眼眶里溢满的泪水，说："青出于蓝而胜于蓝嘛！就像弓和弦，您是弓，儿是弦，弓总比弦长啊！"

"唔，弓比弦长……"父亲反复品味着儿子的话，倍感欣慰。看见儿子能够一点点地长大成人，父亲再苦再累，也会感到幸福和骄傲的。

感恩寄语

　　父亲对儿子的爱如此的深沉和凝重，一个比个儿的细节，体现了父亲对儿子的期望和寄托。随着时间的推移，父母渐渐老去，他们不再年轻、不再健壮，我们是他们的依靠，多爱他们一些，让他们感受到老去的只有年岁，爱从未衰老。

梦中的白馒头

敦厚朴实，少言寡语的父亲生在农村，他平凡得就像一粒微尘，渗透在泥土里，却从不会引人注意。但是父亲在我的心中却像一座静立的山峰，雄伟而高大。为了这个贫穷的家庭，我不知道父亲究竟自己承受了多少苦难与辛酸，在我的印象里，总也抹不掉30多年前那段凄风苦雨的难熬岁月……

记得在1972年的一个寒冷的冬天，爸，妈，我，弟，妹一家人挤在土砌的草屋里，相互依偎着还忍不住瑟瑟发抖，寒冷对于我们还不是最可怕的，那时候印象最深的却是饥饿。在那缺衣少食的寒冷冬天，我们一家真是度日如年。每当我们几个孩子用哀怜的眼神看着父亲时，他总是用慰藉的目光安慰着我们，目光中还透出父亲惯有的坚毅，"一定要坚持住，挺过去眼看就到春天了。"这是父亲最爱讲的一句话，但是到现在我才深知，那时候的父亲是一种怎样的心情啊！每当想起这句话都会让我泪流满面。除了现实生活带给我们的残酷威胁，还有一家人对未来的迷惘和担忧。每当看到别人的孩子吃白面馒头时，我心里别提有多难受了。那时候连红薯窝头都吃不饱，更不要说人情来往随礼了。但这样"可怕"的事还是来了。

这一天亲戚家的老人过寿，请父亲喝喜酒。他得知消息后沉默了好一阵子，无奈之下刨了家里一棵最值钱的树，卖了几元钱，直到傍晚，父亲终于回来了，我们像小鸟一样高兴地雀跃着拽着他的衣襟，"孩子们吃糖了。"父亲边说边给我们每人两颗糖。我兴奋地剥了一颗吃，另一块硬塞在了父亲的嘴里。

"真甜呀！"父亲边感叹边高兴地对我们说："看，爸爸这还有好吃的呢！"我们都好奇地瞪大眼睛，一眨不眨地等着他给我们"变出"好吃的，只见父亲用一只干枯长满老茧的手，瑟缩着从破棉袄里掏出一个干硬的白面馒头递给了我，"小阳，你和弟弟妹妹们分吃了吧！""爸爸，哪来的白馒头？"我惊诧地问。

"今天中午吃饭的时候，一人一个馒头，我没舍得吃，怕人看见，就扣在手心里，然后藏在棉袄兜里了……"话音未落我早已泪如泉涌。当我双手捧着还带有父亲体温的馒头，感觉仿佛有千斤重。此时，还只是一个8岁小女孩的我，早已被父亲那沉甸甸的爱淹没了。看着手中梦寐以求的馒头，我咽了咽口水，然后把它分给了弟弟、妹妹……

感恩寄语

　　有人说："父亲是一本震撼心灵的巨著，读懂了他，就读懂了人生！"父爱的形式有很多种，但无论哪一种，都是我们人生中最值得珍藏和感激的感情之一。

攀比的背后

"穷人的孩子早当家"，在阿芳的记忆里，父母是个没有文化的乡下人，只会种地，其他啥也不会了。在她年幼时，她每天都要跟着大人下地劳作，那时的她是多么羡慕城市里的孩子啊，他们每天根本不用为吃穿烦恼。从那一刻开始，小小年纪的她就懂得了一个道理：穷人家的孩子如果想翻身，脱离贫穷的农村，读好书才是唯一的出路，只有拼命工作才不挨饿。然而在父母的心里，对阿芳始终有一种说不出的内疚，正是这样贫穷的家庭，才不得不让孩子跟着一起吃苦受累。他们心里迫切地希望阿芳将来能有出息，即使是砸锅卖铁也要供她上学。

懂事的阿芳果然不负众望，最终以优异的成绩考上了大学。

在大学这个生活、学习的"大熔炉"里，每个学生都会不可避免地经历各种想法和思维上的交融、冲突。阿芳也不例外，她在周围同学的影响下，也开始学会了攀比，从此花钱大手大脚起来，虽然偶尔也依靠找兼职来赚取生活费，但还是无法满足她日益增多的日常花销。

甚至在以后的日子里，阿芳又以各类考证为理由，向家里要了一些钱。每到要钱时，她总会在电话的一头听见父亲那一声叹息。开始阿芳还觉得对不起父母，但渐渐地也就觉得心安理得，甚至都已经忘记了父母供她读书的钱是哪里来的。

终于有一天，她接到家里的电话，说是母亲病了。等到阿芳赶回家里的时候，只见母亲躺在床上，氧气罐放在床边，一根管子插在母亲的鼻孔里。阿芳做梦也没想到一直身体结实的母亲会是这样的结果，父亲忧伤地说，"你娘很早的时候就得了高血压，医生不让你娘干重活，还嘱咐要按时服用降压片、注意休息，但是她为了省钱，只能吃最便宜的降压片，你读书的钱也是借的，为了尽快还上欠的账，还要给你寄钱，必须更努力地干活，你也知道爹娘没有文化，只会种地，但是种地能赚多少钱啊，况且家里就我跟你娘两个劳动力，她就坚持要下地干活，有时会经常头痛、头晕。前天在地里干活的时候，你娘突然晕倒，医生说是脑溢血，必须住院，但是咱家没有钱啊，为了省钱，我就恳求医生能让你娘回家治疗，省些住院费，唉……"

阿芳此刻早已满脸是泪，她怀着悔恨跪到母亲的床前，紧紧地握着母亲的手，哽咽着说不出话……

感恩寄语

可怜天下父母心，父母总是对子女的需求有求必应，甚至不顾自己的身体和生命，这就是父母的伟大。作为子女的我们，从小就要学会感恩，懂得为父母分担，点滴的回报也会让他们倍感幸福。

爱的牺牲与觉醒

　　遥远而神秘的可可西里大草原，那里是藏羚羊的故乡，更是它们无忧无虑生活的天堂，但不知从什么时候开始，可可西里就被血腥的偷猎和残杀所笼罩，数不胜数的藏羚羊惨死在偷猎者的枪口下。从此，在这片茫茫草原上，每天都发生着许许多多感人的故事……

　　这一天，一个盗猎分子突然在不远处发现了一大群藏羚羊，他立刻喜出望外，以为可以有更大的收获了。正当他端起猎枪准备偷偷开枪射击时，此时藏羚羊好像突然意识到了险情，飞快地向四面八方逃散。猎人举着枪追击着，体格健壮的藏羚羊跑在最前面，把弱小的羚羊远远地甩在了后面。不巧的是，就在咫尺的地方，有一个峡谷挡在了羊群面前，那些强壮的藏羚羊纷纷地纵身跳跃过去，最后只丢下了一对可怜的藏羚羊母子。

　　相传藏羚羊的弹跳能力是同类动物中最强的，甚至在急速的时候能跨越数丈远。那只成年的母羚羊完全可以轻松地跳过峡谷逃生。但是在这种危急的情况下，自己还没有完全长大的孩子根本无法跳那么远，如果强行冒险的话，结果不是跌入深谷摔个粉身碎骨，就是落入盗猎者手中遭到残杀！健壮的母羚羊焦急地围着小羚羊打着转。盗猎者还是依旧紧随其后一刻不停地追击，当他眼看就要追到峡谷尽头时，就在这千钧一发的时刻，那对羚羊母子俩突然心有灵犀地同时起跳，就在弹跳的一瞬间，羚羊母亲好像故意放慢了速度，几乎只用了与小羚羊同步的速度和高度。母亲在半空中让自己的身体先于小羚羊下降，小羚羊则稳稳地踩在母亲的背上，并且以此作为支点进行了第二次起跳，最后它终于顺利地跨越成功，逃到了对面的峡谷，而它的母亲却再没有机会进行第二次起跳，最后跌入了幽深的峡谷……

盗猎者被眼前的感人的一幕惊呆了！他不由得两眼含着泪双膝跪倒在地，狂乱地挥舞着手臂，大声嘶喊着，随后将手中那罪恶的枪狠狠地扔到了峡谷里……一切又恢复了往日的平静，只留下盗猎者的悲号声和伫立在峡谷对面那只小小的身影……

《奥维的教堂》 梵高 (1890 年)
母亲孤独地行走在一条小路上，那是一条养育子女的艰辛之路，也是一条不归路。

感恩寄语

从羚羊妈妈的那故意的一降中，用牺牲自己换得了孩子的重生，使我们从中感受到了母爱的一次升华，真是母爱感天动地的至高境界！动物与人一样，有着伟大的母爱，让我们向这伟大的母爱致敬！

一颗松了的纽扣

眼前儿子正在双手不停地敲打着键盘，不远处的母亲嘴角始终欣慰地翘着，因为在她眼中，儿子永远是她的骄傲，而且凭借他的天赋和勤奋，如今早已成为享有盛誉的作家。

母亲这时正在为儿子整理着衬衣，忽然无意中发现其中的一只袖子上的纽扣松动了，"必须要再钉一下啦！"母亲暗暗地自言自语。

屋子里好安静啊，依然只有儿子不停地敲击键盘的声音。从儿子的神态上可以看得出，此时他正文思泉涌，打算一气呵成。母亲看着不敢弄出一点声响，唯恐打乱了儿子的思路。于是她悄悄地在抽屉里找着针线，还好，她发现了一个线管，针就插在线管上，接着把它们取出来，然后轻轻地关好抽屉。

可她此刻却遇到了麻烦，那双不听使唤的眼睛，明明看见针孔在那儿，就是穿不进线。她实在不敢相信自己眼睛花得这么厉害。于是再次把线头伸进嘴里濡湿，然后用食指和拇指把它捻得又尖又细，慢慢地抬起手臂，尽量让眼睛与手臂的距离最近，再试一次。结果，线仍然没有听话地穿进针眼里。

此时儿子正在对文章做着最后的排版，当他从显示屏上看见母亲吃力地穿着线的影像时，他不由地怔住了。虽然与母亲每天朝夕相处，但是他忽然觉得自己就像那根缝衣针一样，每时每刻都被没完没了的文章将心堵死了，而母亲那爱的"针线"却在他面前早已找不到可以进出的"针孔"了。即使这样，母亲还是不肯丢弃自己的那份无声的爱。

儿子此时看着屏幕中母亲的身影，不由得想起自己已经好久没有和母亲坐下来聊过家常了，更没有关心过她的衣食起居。看着看着，他眼睛湿了。

"妈，我来帮您。"儿子此刻站起身，从电脑旁边离开，强忍着眼泪轻轻地说道。当丝线在他的手中，从针孔一跃而过时，母亲欣慰地笑了，紧接着低头专心地为儿子钉起了那颗纽扣，那种认真仿佛要把心中的爱一点点地描绘，然后再缝合出一个美丽的梦……

感恩寄语

母亲的爱就是那么的无私又容易满足，在这份母爱中，表面上我们或许只是无意间力所能及地帮她穿了一根针，却由此实现了她为你钉一颗纽扣的愿望，从此使她的爱畅通无阻地抵达。

2000 米的爬行

　　约翰是美国一位著名的动物标本制作师。在他一生中制作过无数个逼真鲜活的动物标本，直到在一次捕猎经历后，不久他便突然结束了他所热爱的工作，从此销声匿迹，归隐山林，再也不知所踪……

　　事情还要从很多年以前说起，约翰为了获得一张珍贵的白虎皮，他不远万里来到印度，并在当地雇了一位向导，随后他们一起来到了一片原始森林。

　　这一天下午，炙热的阳光烘烤着整片森林，约翰正要准备进到帐篷里，忽然在林子不远处，隐约听到有动静。他立即警觉了起来，随手拿起猎枪，刚走出帐篷，耳边就听见一声闷雷般的吼声，接着一只体壮如牛、毛发如雪的白虎正张着血盆大口朝他猛扑过来。

　　慌乱之中，他本能地就地一滚想躲过去。但白虎的身体却异常灵活，头一扭，一口就咬住他的右臂。在这千钧一发之际，向导听到动静，闻声赶来，从远处向白虎射了一箭。受了伤的白虎愤怒地朝向导奔去。约翰强忍疼痛，挣扎着爬起来，拾起猎枪大吼道："小心，别糟蹋了虎皮！"向导一愣，转身爬到一棵树上，白虎趁机向森林深处跑去。

　　眼看着一头嗜血猛兽，此刻似乎无心恋战，对紧追其后的约翰竟然毫不理睬。这使约翰非常疑惑，因为它受了伤，行动有些迟缓，约翰在离白虎只有十几米远的距离时，约翰一边调整着呼吸，一边对准白虎的肛门连开三枪，白虎此刻一声哀鸣，全身瘫在地上。约翰抑制着内心的狂喜，慢慢地走到白虎身边。奄奄一息的白虎昂着硕大脑袋正盯着他，在它的目光中，不仅看不到一点杀气，反而闪烁出微弱而奇异的光芒，似乎在哀求他或者想向他诉说什么。

约翰深深地松了口气，他需要先回到帐篷里，包扎一下伤口，休息片刻，等他带上滑轮车和向导返回到原地时，白虎竟不翼而飞，只留下一滩鲜血。他这时发现地上有一条隐约的血带，断断续续地伸向前方。他沿着血迹慢慢搜索，大约走了2000米，发现血迹来到了一个荒草掩饰的石洞。当约翰俯身望去，他被眼前的一幕惊呆了：一只刚出生的小虎正偎在那只已经死的白虎怀里，起劲地吮吸着奶头，不时还发出"吱吱"的声音。

他终于恍然大悟，原来这只白虎妈妈，垂死地苦苦挣扎是为了回到嗷嗷待哺的孩子身边……两个月后，国家动物园收养了约翰赠送的印度小白虎。而那位可敬的白虎妈妈，则被他制成漂亮的动物标本，送给了动物保护协会。在它的标牌上赫然写着：在身中三枪的情况下，它竟爬了2000米回到自己的巢穴，因为那里有它刚刚出生等待哺育的孩子，因为它是一个母亲……

感恩寄语

当最后的一口气即将结束时，作为母亲的本能，首先想到的还是自己的孩子，为了孩子，不惜用尽最后的气力尽到母亲的本分，这是多么伟大的爱啊！作为高等生物的人类，母爱的力量同样伟大，同样令人动容。

爱的目光

　　有一个乖巧的小男孩，他与爸爸之间感情深厚，生活中两个人相依为命。

　　男孩喜欢橄榄球，可是在球场上却时常是板凳队员，即使这样他的父亲仍然每次比赛都前来观看，每次都在观众席上为儿子鼓掌。

《草帽与烟斗的静物画》　梵高 (1885 年)

　　父爱是平实的，不带任何刻意和造作。平实得就像父亲身边使用的那些小物件一样。淡淡的，略带伤感的。

在整个中学期间，男孩每一场训练或者比赛都参加，但他依然只是一个板凳队员，而他的爸爸仍然在旁默默鼓励他。

　　当他进了大学，男孩参加了学校橄榄球队的选拔赛。如果能进入球队，哪怕是跑龙套他也情愿。所有的人都以为他不行，可男孩儿却成功了——教练挑选了他，就是因为不论何时他都那么用心地训练，同时不忘记给自己的同伴打气。

　　但男孩在大学的球队里，仍然一直没有上场的机会。转眼间大学快毕业了，这是男孩在学校球队参加的最后一场比赛了，具有挑战的大赛即将开始。

　　一天，男孩小跑着来到训练场地，教练递给他一封电报，男孩看完电报，忽然寂静无声，死一般地沉默。他竭力地忍住哭泣，对教练说道："我爸爸今天早上去世了，我今天可以不参加训练吗？"教练搂住他的肩膀，柔声地说道："孩子，这周的训练你都可以不来，周六的比赛也可以不来，没关系的。"

　　到了比赛的那天，队员的球打得非常艰难。当比赛进行到3/4的时候，男孩所在的球队已经落后别人10分。就在这个时候，一个不起眼的年轻人悄悄地跑进空无一人的更衣间，换上了他自己的橄榄球衣。当他跑到场边线时，教练和场外所有的队员们都用惊讶地眼光看着这位自信从容的队友。

　　"教练，今天请允许我上场吧！"男孩拜托教练说道。教练假装没有听见。因为今天的比赛实在是太重要了，几乎可以决定本赛季的胜负，他当然不会让一个经常坐板凳的队员上场，搞砸这场比赛。但是男孩不停地央求，教练终于点头同意了，如果再不让他上场实在有点不近人情。"好吧，"教练说，"你上去吧。"

很快，这个身材瘦小、默默无闻、从未上过场的球员，在场上奔跑、过人、拦住对方带球的队员，简直就像球星一样。男孩的球队开始转败为胜，很快两队的比分变成了平局。就在比赛即将结束前的几秒钟，男孩一路狂奔地冲向了底线，成功得分！胜利了！男孩的队友们高高地把他抛向天空，看台上的球迷大声地欢呼、喝彩！

当看台上的人们渐渐走光了，队员们洗过澡以后都一一离开了更衣间，教练注意到，男孩静悄悄地独自一人坐在球场的一角。教练走近他，说："孩子，我简直不敢相信这是真的，你简直是个奇迹！你能告诉我你是怎么办到的吗？"

男孩看着教练，眼睛中充满了泪水，他说："教练，其实我爸爸双目早就失明了，每场训练和比赛他都来为我加油，但其实他根本看不到。"

"今天爸爸去世了，在天堂上，他第一次能真正地看见我比赛了！所以我想让他知道，他给我的鼓励和支持没有白费，我今天用行动来证明了，我能行！"

感恩寄语

父母身体的缺陷和病痛，丝毫不会对爱的付出有一丝丝的影响。如果一定说有，那么影响就是：爱的重量会加倍！我们对父母的感恩，往往会变成我们前进的动力和生活的勇气，激励着我们继续前行。

唢呐声声

记得我6岁那年，母亲去世了。我清楚地记得，母亲临终前，眼角挂着一滴泪。那滴泪在秋日的光照下抖动着、闪烁着，满含着对我和聋哑父亲的牵挂。

母亲离开以后，生活的重担都压在了聋哑父亲一个人的肩上。父亲每天做"豆花脑"，来维持我们两个人的生活。深夜里，在昏黄的灯光下，父亲艰难地推着沉重的石磨，一圈一圈地转，洁白的豆浆从磨缝间流出，而豆大的汗珠也湿透了他的衣衫。豆浆磨完以后，父亲还要把豆浆装入瓦缸，端上锅，生起火，在灶台边守候两到三个小时。

然后天不亮，父亲就起床出发了，他挑着装满豆腐的担子，领着我，走街串巷地卖"豆花脑"。父亲不能通过声音叫卖，每次都是靠吹一把破旧的唢呐来招揽生意。那凄凉而又悠扬的唢呐声招揽客人的同时，也伴随着我度过了与别人不一样的童年。在那个时候，我很喜欢看父亲吹唢呐时的样子，高昂着头，精神饱满而有力，像巨人一样高大。

可渐渐地长大了，每当我和同学们走在一起，总有人用手做唢呐状，发出怪叫的声音。我的脸就会红一阵，白一阵，我清楚他们是在学父亲吹唢呐，是在笑话我的父亲是聋哑人。从那个时候开始，我特别害怕别人这样，而父亲的唢呐声已经完全失去了儿时的感觉，愈发地让我反感，我开始尽量避免和父亲在一起。一次，几个同学一边学父亲吹唢呐，一边胡乱比划着，我生气极了，没多想就扑过去和他们撕扯开来，结果鼻青脸肿地哭着跑回家去。

父亲看到我这个样子，连忙拿着毛巾跑来，边给我擦脸，边用依依呀呀的声音和手势，着急地比划着问我，发生了什么事情？

我猛地用力推开父亲，一边哭着一边大声地向他喊："你为什么是个聋哑人？你为什么就不能像别的孩子的父亲那样说话？"父亲虽然听不见我说什么，但他被我的表情吓呆了。他似乎从我的脸上读懂了什么，默默地站在了一旁。

那晚，父亲吹了整整一夜的唢呐，那唢呐声中带着哭泣和伤心，好像在表达什么……

从此之后的生活里，父亲卖"豆花脑"开始绕开我上学的路。我知道，父亲是不想让我伤心。而那时的我却只有一个愿望，就是赶快考上高中，去城里读书，离开这个家。在新的环境里谁也不知道我有一个聋哑父亲了。

终于，我以优异的成绩考上了县城的高中，一个多月才能回一趟家。每次回家，父亲都会用目光打量我好久。每当他伸出手，想抚摸我的时候，却又怯生生地把手缩了回去，他害怕我的拒绝和那冷漠嫌弃的目光。父亲脸上开始挂着失望，眼睛里包含着痛苦、无奈的心情……他老了，身体也不如从前了，但是他为了供我读书，他依然每日早起赶做"豆花脑"。父亲没来没有忘记过母亲的牵挂，要让孩子读大学。

此时的我也常在心里为自己的自私、虚荣感到难过和惭愧，却一直没有勇气对父亲说出口。

高二那年的冬天，假期因为感冒了，所以我没有回家。中午时分，我正在宿舍里躺在床上休息，忽然，从远处传来了熟悉的唢呐声。那么熟悉，难道是父亲？我大步地跑出宿舍，此时，天上正飘着白白的雪花。

　　在学校门口，我看见了被白雪覆盖着，宛如一座白色雕像的父亲。冷冽的寒风卷着雪花，不停地拍打着父亲单薄的身子，父亲在寒风中瑟瑟发抖，显得那么瘦弱。他用冻得红肿的手紧紧握着唢呐，边吹边向校园里张望着。

　　看见我，父亲显得很兴奋，唢呐吹得更加响亮了。唢呐是父亲的"嘴"，父亲通过声声唢呐告诉我他的爱、他的关心、他的惦念和见到我的喜悦……

　　看门的老大爷说，父亲天不亮就来了，那时，雪下得很大。从家到县城有30多里（1里=500米）路，我不清楚父亲是怎样一步一步地走过弯弯曲曲、高低不平的山路。看门的大爷不懂父亲的肢体语言，无法正常交流，但仿佛明白他在等自己的儿子，让他进门卫室，他又不肯，只好任由他站在门口等，可这一等，就是整整一个早上。直到看不见再有人出来时，父亲才想起吹唢呐，他知道，我应该明白这个唢呐声。

　　我想把父亲带回宿舍，让父亲暖和暖和。可是父亲没有动，他只是从上到下，仔仔细细地打量着我。着急地比划着问我：同村的孩子说你病了，我放心不下，来看看你。父亲望了望我，又比划着：我一会就走，不进去了，别让其他同学知道了。

　　我的心被猛地揪了一下，一切的冤恨，在那一瞬间被全部释放出来，压抑了多年的泪水如决堤的河水一样奔流而出。我无法体会父亲此刻的心情，但我知道，那是苦涩的。我急忙也比划着告诉父亲："不，你要和我一起进去，我要让所有的同学知道，我有一个多么爱我的父亲。"

父亲的眼中除了惊喜之外，还闪着晶莹的泪光……

后来我以优异的成绩考上浙江大学，实现了父母亲的愿望，也开始自己打工，以减轻父亲的压力。每次给父亲写信，我都画上：在家里的小院里，父亲昂着头，精神饱满地忘情地吹着唢呐，我拖着下巴，仰望着父亲，痴迷地听着……

命运的不公夺去了父亲听说的能力，使他不能和正常人一样，用语言表达他对儿子的爱，但他的言行却让我深深体会到了父爱无价的深层意义。

感恩寄语

　　母爱的深沉和父爱的伟大，是我们永生无法对等地偿还的，曾经的年少、不羁、反叛甚至伤害，将永远成为感恩心灵中隐隐的痛，而让这种疼痛减轻的办法就是，多一些回报给爱你的父母。

第二章
友谊之光，温暖永恒——
驱走人生旅途中心灵的寂寞

异乡的感恩节

一年一度的感恩节又来了，但对于从广州到美国读书的我来说，这一天，只是日历本上的一个红色标志，一个我从不关心的日子。

这是我来美国读书的第一年，我暗暗盘算着，可以利用感恩节假期来完成论文。这一天，校园就像是人迹罕至的鬼城。走在冷清的校园，冰冷刺骨的寒风不一会儿就穿透了我在广州买的大衣，那里的气温从来没有这么低过。来自委内瑞拉的室友艾拉邀请我同她一起去吃感恩节晚餐，她还向我保证，她的房东也一定会欢迎我的。我欣然接受了邀请，心想，这种陌生人聚会总比独自度过一个晚上要好。

房东是一对 40 岁左右的夫妇——约翰是一位建筑师，妻子安娜是来自俄罗斯的科学家。我们一边吃着干酪，一边闲聊着。这时，一位老妇人走了进来。安娜介绍说这是她的母亲，刚从俄罗斯赶来。

约翰不时地去厨房查看烤箱。餐桌上早已摆好美丽的蜡烛、银器和布餐巾。最后，约翰宣布晚饭已经做好了，他托着一只大火鸡激动地从厨房里走了出来，把它放在桌子最前面。这真是一顿丰盛的晚餐！约翰专心致志地切开火鸡，他把我的盘子递给我时，我低声说，"我不吃鸡肉，谢谢你。"

艾拉过来帮我解围说，"哦，她是素食者。"

餐桌周围一下子陷入了可怕的寂静。我尴尬地不知所措，大家都彼此道歉：主人道歉是因为没有想到有来自印度的素食主义者；艾拉道歉是因为没提前提醒他们；我是因为弄乱这个过节的晚餐气氛。这个餐桌上没有最尴尬的人，而我就成为了这样的人。他们问我为什么不吃火鸡时，安娜帮忙解释说一般印度人都是素食主义者。当我把甜西红柿舀入盘子时，只见安娜的母亲微笑地看着我，然后用略带生疏的发音唱道："好一朵美丽的茉莉花，好一朵美丽的茉莉花……"

　　此时此此刻，在这异地他乡能听到乡音，一种点击般的感觉，瞬间传遍全身，心中充满了温暖，鼻子微微一酸，不自觉地随着旋律一起哼唱起来，仿佛此时又回到了我的祖国、美丽的故乡……

　　当晚餐聚会结束后，我和艾拉步行返回宿舍，夜空中飘落的雪花是那样静寂、美丽。我们俩又哼唱起《茉莉花》。

　　没想到今天在异乡，我收获了最亲密的朋友，并同他们一起度过这么温暖的感恩节。更使我难忘的是那位俄罗斯母亲，用一首《茉莉花》使我们这份友情得到升华。

感恩寄语

　　友情是人的一生中不可缺少的美好情感之一，能够拥有一份真挚的友情，在某种意义上说，是命运对于我们的恩赐。尽管在很多时候它只是陌生人之间一句温暖的问候，或者仅仅是一个善意的眼神，但那足以让我们的内心倍感温暖。这就是友情的力量。

狒狒杰克

这是第一次世界大战时期的一个真实的故事，故事的主人公说起来你也许不相信——它就是狒狒杰克。

杰克身材不高，但听觉灵敏，目光锐利，而且还有两只既有力又不肯停歇的长臂，当战争爆发时，它由主人马尔的好助手变成了他的好卫兵。

在军团里，士兵们都觉得狒狒没用。有一个士兵要与杰克比试，只见杰克马上抱起枪，要和这个士兵拼刺刀。那士兵吓得赶紧去招架，但杰克灵活的身手很快占了上风。要不是主人的一声吆喝，那个士兵真要吃亏了。

晚上，轮到马尔站岗时，上尉让杰克陪他一起去。半夜里，马尔忍不住蜷缩在哨位的掩体里打起瞌睡。而杰克却睁大眼睛，竖起耳朵，密切注视着周围的动静。突然，它看见几个黑影慢慢向哨位靠近。它立即用头撞醒马尔，马尔立即举起枪，对准前方的灌木丛。看到那黑影毫不客气地开枪，敌人们应声倒下。

事后，上尉握着狒狒杰克的爪子，兴奋地说："聪明的杰克，你不仅是主人的忠实卫兵，更是我的好部下！"说完，他毫不吝惜地把口袋里的糖全部奖励给杰克。

后来，狒狒杰克在随主人参军的两年多里，经历了一场又一场激烈的战斗。在最后一次战斗中，狒狒杰克拖着挂彩的后腿，一步一步爬到受伤的马尔身边，这时，敌人离马尔只有 50 多米远了。就在这生死关头，狒狒杰克抱来一挺机枪，帮他架到射击点上。马尔忍住伤痛，狠扣扳机，一串串火光喷射出来，敌人的冲锋被打了下去。幸好上尉的增援部队及时赶来。他听了马尔和军医的叙述，十分感动，命令士兵用担架将马尔和杰克一起抬到野战医院。还特别指出，狒狒杰克要享有与伤员同样的待遇。

在野战医院里，狒狒杰克很快恢复了健康。它经常给主人马尔拿苹果、倒水、递牙刷，甚至拿梳子给他梳头。由于它的特别照料，主人马尔也很快痊愈了。

不久，马尔和杰克伤愈返回部队，军团长破天荒地授予了杰克下士军衔。在隆重的授衔仪式上，上尉庄严地把红绸带的下士肩章挂到杰克脖子上。

狒狒杰克好奇地看着自己与士兵同样符号的肩章，似乎明白了什么，高兴得叫了起来。它还把右爪高高举过眉毛，好像在行军礼。最后它扑进了主人的怀抱。

感恩寄语

战争中，人与动物之间的友谊和配合早已屡见不鲜，人对于动物的友善，动物是能够感知的，这便是在人与动物之间建立的神奇的友谊。而对于人类的善待，动物总能倾尽全力予以回报。

老同学，铁一样纯洁的友谊

随着白发的增长，回忆往事已成为我生活中不可缺少的"活动"，在那艰苦的学生时代唯有老铁总是忘不掉。

读高中时老铁担任班长，因为他待人热心，脾气又随和，同学们都愿意和他交往，所以常昵称他老铁，其实老铁一点也不老，比我还年轻一岁。

说起他那颇为滑稽的长相还真让人过目不忘：大嘴，小眼，精瘦的高个，走起路来大头随着身子一摆一摆的。他课余喜好古书，其中最擅长谈些三国水浒里的人物。他平时说话不紧不慢，当说到激动处时"噌"地从凳子上站起来，挥着手，像打架似的。老铁的家境还不错，每周回校时总会背一兜雪白的馒头。我们这些人大多来自农村，生活清苦，虽然嘴里吃着饼子和窝头，稀溜稀溜地喝着稀饭，可眼睛却一直盯着老铁手里的馒头。老铁看出了大家的心思，便拿出所有馒头让大家吃，早已眼馋的同学你一个我半个地一扫而光。眼看他一周的口粮吃完了，便开始吃大家的饼子。

或许是命运的捉弄，高考时老铁仅以二分之差落榜了。最后，我去上大学，他却回家种地，从此杳无音信。

上大学后的第一个春节，在大街上偶遇到邯郸购买东西的老铁，好不惊喜，于是邀他到我家做客。他和当年基本没有太大的变化，还是那么皱巴巴的裤子，脚穿一双棉布鞋，只是身上的人造革夹克能穿出几分现代气息，他的脸上又平添了几道皱纹。几句寒暄之后话就多了起来。问及家庭情况，谈到业余生活时，老铁就来了兴头，说他在家研究《易经》了，附近村的人都找他，他基本上是有求必应，从不收费。接着，又是阴阳八卦，又是水木金火土，和我大谈一番。

快到晌午，老铁要走，我执意挽留。吃过午饭后，老铁便坚持要走了，我要送他，他不让："老同学别送了，今天见到你很开心。咱们同学中有做官的，有发财的，有些人见了面装作不认识。只有你最够意思，还记着我这个老同学。"听了老铁的话，我心里翻江倒海一般，对他说："你放心，老同学，只要你看得起我，咱们永远是老同学。再说，我永远都忘不了咱们上学时候，大家都抢你的白面馒头吃……"

老铁笑了，随即离开了，望着他消失在大街人群里的背影，我心里一时间沉甸甸的。

感恩寄语

人们都说学生时代的友谊是最纯粹的，抛却了物质的利益，让青春的我们彼此坦诚相待。那是最值得我们用一生来呵护和感激的，因为是它伴我们走过了美好的青春岁月，让我们懂得了友情的重要。

朋友的真谛

　　犹太人的聪明和勤奋在世界上众所周知。这是一个真实的故事，一位犹太父亲临终前把自己唯一的儿子叫到病榻前叮嘱他说："我除了在一生中积攒下来的财富以外，还要留给你一个住在遥远的地方的朋友，

《友谊》
真正的朋友不光是可以和你共舞，更重要的是与你一起分享苦难。

这是他的地址，如果你将来遇到解决不了的困难时，就去找他。"说完，把手中一张写着陌生地址的纸条交到了儿子手里，便撒手人寰了。

儿子对父亲的离去感到万分悲痛，但却对父亲的临终遗言感到不解，尽管如此，他还是遵从了父亲的遗嘱，将纸条仔细地珍藏了起来。

在父亲死后的几年里，儿子渐渐地忘记了父亲对自己如何理财的教诲。由于过度花费又几乎没有任何进账，没过几年父亲留下来的钱就被他花光了。一无所有的他开始向他的朋友们寻求帮助，没想到被朋友们一个个冷漠地拒绝了。

"破屋又遭连阴雨"。一个高利贷者到他家要账，由于对方出言不逊，他一气之下将对方打伤。他知道对方一定不会善罢甘休，于是决定先到朋友那里躲一躲，再让他们帮助自己解决这场灾难。当他连夜到各个朋友家中敲门求助时，却没有一个朋友愿意帮助他，甚至有的人连家门都不让他进。

就在他万念俱灰之际，忽然想到了父亲临终时留下的纸条。于是他简单地打点了行装，照着纸条上的地址，去寻找那位多年不见的朋友去了。

一路上历经磨难，他终于来到父亲的老友门前。显然父亲的老友并不富裕，当他疑虑重重地向对方说明自己的身份时，并且说明了自己当前的处境，对面的老人不由分说地将他拉到了家中，让妻子为年轻人准备了可口的饭菜，自己则迅速走出了家门。将近一个小时后，他才气喘吁吁地回来，在他的怀里还抱回来一个看上去年代很久的坛子。令年轻人感到惊讶的是，老人竟然从坛子里面取出十几块闪闪发光的金币，更令他感到出乎意料和感动的是，这位老人居然想要把这些金币全部送给他。老人一边将金币交到年轻人手中，一边对他说，"这是我和你父亲年轻时一起做生意分得的利润，你全部拿去吧，还清债务，剩下的钱你就用它们好好经营，去创造更大的财富吧……"

年轻人怀着感恩的心，带走了老人馈赠的金币，同时带走的还有对真正友谊的大彻大悟。

感恩寄语

真正的朋友是能为你雪中送炭之人。他们在危难之际，必能经得起时间和环境的考验。面对这样的友谊，我们很难不为所动，这就是值得我们感恩的友情，它让我们人生的路上不再孤单。

一笔永久的财富

很久以前，在美国有一个富翁，他一生在商海中沉浮，经过苦苦打拼，最终积累了一笔可观的财富。在他重病缠身不久于人世的一天，他将自己的10个儿子叫到床前，向他们公布了他的遗产分配方案。他说："我一生财产一共有1000万，你们每人可以获得100万遗产，但是有一个人必须要独自拿出10万为我操持所有后事，同时还要拿出40万元捐给福利院。如果谁这样做，我会向他介绍我的10个朋友作为补偿。"几个儿子面面相觑了好一阵，最后，他最小的儿子选择了这个为他独自操办丧礼的方案。于是，富翁把他最好的十个朋友一一介绍给了这个最小的儿子。

没过多长时间富翁去世了，儿子们拿着分到的财产开始各自的生活。但由于他们平时的大手大脚挥霍无度已成为习惯，刚过3年的时间，父亲留给他们的那些钱，就所剩无几了。那个最小的儿子的账户上仅仅只剩下最后的1000美元，正在一筹莫展之际，他忽然想起了父亲给他介绍的那10个朋友，于是决定把他们请来聚餐。

当父亲的10个朋友们开开心心地美餐了一顿之后，对小儿子说："在你们10个兄弟当中，你是唯一一个还记得我们的人，为感谢你的深厚的友谊，我们愿意帮你一把！"于是，他们每个人各送给他一头怀有牛犊的母牛和1000美元，同时还给了他很多有关如何经商的指点和帮助。

依靠父亲的老友们大力资助，富翁的小儿子开始涉足商界。经过多年的努力，他终于成为了一个比他父亲还要富有的大富豪。同时他依然与他父亲介绍的这 10 个朋友保持着密切的联系，这个小儿子就是美国巨商费兰克·梅维尔。

后来事业有成的梅维尔始终没有忘记父亲的临终嘱托：朋友比世界上所有的金钱都珍贵，朋友比世界上所有的财富都恒久的道理。

在费兰克·梅维尔的一生中，他始终坚信，这个世界上，金钱只能给人一时的满足和快乐，却无法一辈子都能拥有。然而朋友之间的深厚友谊，却能不断地给你一生的支持和鼓励，使你终生都能拥有真正的快乐、温馨和富足。

感恩寄语

好朋友是人生一笔最大的财富，也是一笔最恒久的财富，只有怀有感恩之心的人，才格外珍惜来之不易的友情，才会收获持久的、日久弥新的快乐和富足。

人生的考验

苦心经营了3年多的小公司一夜之间破产了，老范成了一文不名的穷光蛋，而且还欠了一屁股债。家是暂时不能回了，思来想去，只有去省城的一个朋友那儿躲一躲，这件事发生在两年前。

他想到了自己的发小，有一次去海边玩，朋友不小心掉进水里，还是他四处求人把他救上来的，这种交情不能说不深厚吧！

到了朋友所在的城市，老范又犹豫了，多年没见，还能找回当年的感觉吗？想到这里，他便把口袋里仅有的钱翻出来数了一数，在火车站找了一间最便宜的小旅馆住下。心想，还是能住几天算几天吧！

正在他心灰意冷，无路可走的时候，没想到那个朋友竟找上门来。当朋友看到一脸倦怠毫无生气的老范时，生气地数落道："亏得我们从小一起长大，你真不够哥们！有困难了，来省城也不找我，还害得我到处找你，要不是你老娘偷偷打电话给我，我还不知道呢！"老范一脸无辜无奈的表情，小声地嘟囔着："还不是怕给你添麻烦么？唉，我现在穷困潦倒，浑身上下又脏又臭，甚至连狗都不如了。"

朋友在他的胸口重重地击了一拳，"你还是那个又犟又臭的脾气，朋友就是用来麻烦的，你不麻烦我，就是不把我当朋友了，我才生气呢！"

那一刻，老范的心里仿佛有千言万语都噎在喉咙里，一句话都说不出来。他还以为全世界都抛弃了自己，没想到，还有他这个朋友记挂着自己，并没有因为落魄而嫌弃自己，有这样的朋友，还求什么呢？他只好乖乖地收拾行李跟着发小去了他家。

朋友的妻子热情地为他收拾了一间明亮宽敞的屋子，并且准备了可口的饭菜，还千叮咛万嘱咐他不要客气，把这里当成自己家一样。在朋友家的这段日子里，朋友和老范详细地分析了公司破产的原因，并找到了症结所在，总结经验，然后计划准备东山再起，几天后，老范重新回到了自己所在的城市，在朋友的帮助和鼓励下，他调整好了心态，没有错过机遇，在短短两年的时间里，不但将所有的债务都还清了，公司的规模也比之前扩大了好几倍，重新过上了安定的生活……

"朋友是用来麻烦的"，每当他想起这句话，心中便会倍感温暖。直到现在，他还是不断地用这句话来鞭策自己，用自己的力量帮助身边那些需要帮助的朋友。

感恩寄语

朋友就是那个在你落魄的时候，向你伸出援助之手，他不计回报，真诚地陪你度过难关。也只有懂得对友谊感恩的人，才会拥有真正的朋友。

靠近天堂，我们还是朋友

　　住在同村的老张头和刘老汉是发小，在他们妻子陆续地过世后，两个孤老头开始经常走动，可是老张头几年前得了肺气肿，每次出行都给他增加了困难。两家虽然只有 500 多米的路，但每次到刘老汉家，他都需要走半个小时。后来刘老汉很心疼他，于是就改为经常去老张头的家里。两人一起喝茶下棋，日子倒也自在。

　　可好景不长，没过多久，刘老汉中风坐上了轮椅，从此与老张头见面就变得更加困难了。

　　儿女们都忙事业，想把他接到城里方便照顾。可是刘老汉却坚决不同意。儿女们拗不过，无奈只好请个保姆替他们照顾。在刘老汉住的山村里，四季的变化非常明显，夏热冬寒，春暖秋凉。当夏热的时候，刘老汉就让保姆推着去老张头家里坐坐。

　　严冬的时候，虽然两人都不出门了，但都牵挂着彼此。每天清晨保姆总会听刘老汉的吩咐早早地生起炉子，炊烟从自家袅袅地飘出，接着又让保姆站到房顶上，看老张头的家里有没有飘起烟。

　　刚过了立春，刘老汉觉得身体快不行了，就把子女们都陆续叫回家，交代了自己的后事。

　　其中他特别提到了，希望在他去世后，能继续雇佣保姆，每天清晨点起炊烟。儿女们听后觉得大惑不解，人都不在了，生烟还有什么用呢？

刘老汉低声地对他们说："俺这一辈子，虽然你们每个人都有出息，我很高兴，但是和老张头相比，我还是羡慕人家啊，都这把年纪了，还是儿女绕膝，欢笑不断，只有我孤家寡人。早些时候我就跟他约好，只要每天早晨能看到两家有炊烟升起，就知道我们都还好好地活着，这样就不用为对方担心了。我不想自己走在他前面，让他难过……"

　　一转眼，在刘老汉已经离世的第二天，他的女儿碰到了老张头的儿子，说起炊烟的事情。老张头的儿子告诉她，他的父亲早在去年就已经去世了，临走前还特意交代他们，一定要替他每天早上生炉子，还说如果刘老汉看不见炊烟会为他担心的。

　　当两个人讲述完这段早已带入天堂的友谊，都不约而同地流下了眼泪……

感恩寄语

　　人生中能拥有一份真挚的友谊，是我们的幸运，它会带给我们伸手可触的温暖和幸福。尤其人到暮年，还能有个知心的老友，怎能不令人感激？这种可以带进天堂的友情，将永远温暖着彼此的心灵。

生命的药方

德诺 10 岁的时候，由于输血而不幸染上了艾滋病，所有的同伴都躲避着他，只有大他 4 岁的艾迪依然像从前一样跟他一起嬉戏玩耍。在德诺家屋后不远处，有一条通往大海的小河，河边开满了五颜六色的鲜花，艾迪对德诺说，如果把这些花草熬成汤，没准能治好他的病。

德诺在喝了艾迪煮的汤之后，身体却依然不见好转，没人知道他能够活多久。艾迪的妈妈不再允许艾迪找德诺玩了，妈妈害怕一家人都染上这种令人恐怖的病毒。然而，这不能阻止两个小孩的友谊。偶然间，艾迪在杂志上看见一条新奥尔良的费医生找到了能治疗艾滋病的植物消息，这让艾迪激动万分。于是，在一个晴空万里的夜晚，他悄悄地带着德诺踏上了去新奥尔良的路。

《有丝柏的道路》 梵高 (1890 年)
在人生的道路上，你因为拥有真挚的朋友而不再孤单。

他们沿着德诺家后院不远处的那条小河出发。艾迪用木板和轮胎做了一条很牢固的船。他们躺在小船上，听着流水哗哗的声音，望着满眼闪烁的繁星，艾迪对德诺说，到了新奥尔良就可以找到费医生，这样他就能像别人一样愉快地生活。

　　也不知道走了多少路，小船漏水了，孩子们必须改乘顺路的汽车。为了节省钱，夜晚他们就睡在随身携带的帐篷中。德诺的咳嗽越来越多，从家里带的药马上就要吃完了。这一天的夜晚，德诺冻得直哆嗦，他用又小又弱的声音告诉艾迪，他梦到200亿年以前的宇宙了，星光是那么的暗黑，他独自一人待在那里，找不到来时的路。艾迪把自己的球鞋放到德诺的手中说："以后抱着我的鞋睡觉，就会想到艾迪的臭鞋在你手中，艾迪也就一定就在你的附近。"

　　孩子们身上的钱也要用光了，可是距离新奥尔良还有三个昼夜的路程。德诺的身体也变得越来越虚弱，艾迪必须放弃原来的计划，又带着德诺回到家乡。没多久，德诺住院了。艾迪仍然经常去病房探望他。两个好伙伴在一起时，病房便充满了欢声笑语。他们有时还会一起玩装死游戏来吓医院的护士，两个人看见护士们上当的样子，都情不自禁地大笑。艾迪给那家杂志写了一封信，希望杂志社能帮忙他找到费医生，结果却音信全无。

　　在一个秋天的下午，德诺的妈妈上街购物了，艾迪在病房里陪伴德诺，夕阳照着德诺那羸弱的脸，艾迪询问是否他想再玩装死的游戏，德诺点点头同意了。但是这次，在医生为德诺摸脉时，他却没有忽然睁眼大笑，他真的死了。

　　那天，艾迪陪同德诺的妈妈回家。两人一路沉默，直到分手的时候，艾迪才抽泣着说："我很伤心，没能给德诺找到可以治疗艾滋病的药。"

德诺的妈妈潸然泪下，"不，艾迪，你找到了这种药，"她紧紧地抱着艾迪，"其实德诺一生最大的病就是孤独，而你给了他快乐和友情，他一直都感激有你这个朋友……"

三天以后，德诺安静地躺在了满是青草的地下，双手搂着艾迪穿过的那只球鞋。

感恩寄语

　　驱走孤独的最好方式就是拥有朋友，然而在身处逆境或者被病魔缠身的时候，友情更显得弥足珍贵。只有懂得感恩的人，才更珍惜朋友的陪伴，才更懂得付出。

把生存留给你，朋友

汤姆有一架小飞机。有一天，汤姆和好伙伴库尔还有另外五个人乘飞机路过一个人烟罕至的海峡。这架飞机已经飞行了两个半小时了，再有半个小时要到达目的地了。

突然，汤姆飞机的燃油不多了，可能是油箱漏油了。因为在起飞前，汤姆给油箱加满了油。

汤姆将这个消息告知飞机上的人后，一阵惊慌失措，汤姆安抚他们说："没事的，我们有降落伞！"说完，他将操纵杆交给了同样也会开飞机的库尔，走向机尾拿起降落伞。汤姆发给每个人一把降落伞后，在库尔身边也放了一把。他说："库尔，我先带着 5 个人跳，你开好飞机，在合适时候再跳吧。"说完，他领着这 5 个人跳下去了。

飞机上只剩下库尔了。这时候，仪表显示油料已经用完了，飞机仅仅靠滑翔软弱无力地向前飞行着。库尔决定跳下去，他一手抓牢操纵杆，一手拿起降落伞包。他一掏，大吃一惊，包里没降落伞，而是汤姆的一包旧衣服！库尔咬牙切齿地大骂汤姆。没伞不能跳，没油料，靠滑翔也不是长久之计！库尔急得大汗淋漓，只好拼尽全力能开多远算多远。

飞机无力地朝前飞行，渐渐地往下降，离海面越来越近……就在库尔完全绝望时，出现了奇迹——眼前一片海岸。他大喜过望，用力拉动操纵杆，飞机紧贴着海面冲过去，撞在了软软的海滩上，然后库尔晕了过去。

半个月以后，库尔回到了他居住的小镇。

他手里提着那个装有旧衣服的降落伞包来到汤姆家门外，用狮子般的声音怒吼道："汤姆，你这个出卖朋友的混蛋，你给我滚出来！"

汤姆的妻子同三个孩子一起跑出来，问他发生了什么事。库尔很生气地讲述事情发生的经过，并打开那个包，大声地说道："瞧，他就是用这些东西来欺骗我的！他没想到我还活着，真是上帝保佑！"

汤姆的妻子说："他一直都没有回来"，然后仔细地翻看那个包。旧衣服都被倒出来了，她从包底下拿出一张纸条。但她只望了一眼，就嚎啕大哭。

库尔懵了一下，拿过纸片。一看纸上有两行乱乱的字，是汤姆的字迹，上面写到："库尔，我的好兄弟，飞机下面是鲨鱼区，跳下去一定会死。不跳，没油的飞机坚持行走，很快会坠海。我带这五个人跳下后，飞机重量减轻了，肯定能滑翔过去。你就勇敢地向前开吧，祝你成功！"

感恩寄语

经历生死考验的友情，不是每个人都能幸运拥有。我们生活的大部分时间，都是被日常的琐碎和平凡所填满。但是只要有一颗感恩的心，我们一样可以拥有真挚的友情，在我们平凡的生活中愈来愈香醇。

友谊，与身份无关

丹尼斯今年 53 岁，是法国巴黎的流浪汉。

一天，丹尼斯像往常那样蜷缩在漏风的立交桥下，他裹着一件破棉袄，嘴里哼着小调。这时，一位高雅又端庄的富贵夫人牵着她 8 岁儿子的手，从立交桥下经过，当她听到丹尼斯哼着的小曲时，她顿住了，静静地望着丹尼斯。

看见有人正在看着自己，丹尼斯感觉有些不自在，于是站起身来准备走。那位夫人叫住了他。从包里拿出两张 100 欧元。说："请您先不要离开，可以吗？我马上就过来，我们谈谈音乐！"

"可以，我收下您的钱，等您！"丹尼斯说。那位夫人把孩子送到学校后，来到了丹尼斯这，与丹尼斯共同聊起音乐。

"你爱听卡拉布鲁尼的歌吗？"那位夫人问他。

"你说的是目前已经成为法国第一夫人的卡拉布鲁尼吗？实事求是地讲，我不喜欢她的歌！我认为她唱得不好，声音太低沉，拖音太短，似乎是一个不会唱歌的人……"

在谈音乐的时候，丹尼斯暗暗地觉得那位夫人好像很面熟，但又想不起来她到底是谁。那位女士意犹未尽地站起来说："我不得不走了！很感谢你陪我谈了这么多！"

"也很感谢你，已经多年没人陪我说过这么久的话了！"丹尼斯边说边把手中的钱递给那位女士说，"把钱还给你！"

"你为什么不收下这些钱？我说过这是我给你陪我聊音乐的！"那位女士说。

"当然了，但是在我陪你聊音乐的同时，你也陪着我聊天呀！我怎么可以收你的钱呢？况且你是在施舍一位流浪汉呢，并不是在向别人购买商品，你真的不需要给我这么多的钱！"

那位女士想了片刻，最后还是收回了钞票中的一张，就在那一刻，两人同时都露出了彼此相互尊重的笑容。

第二天，那位女士把她的儿子送到学校后，又一次来到了这个立交桥下。她从包里掏出了一张CD送给丹尼斯。丹尼斯如获至宝地拿过CD后，竟然发现上面有卡拉布鲁尼的亲笔签名。

这时，丹尼斯仔细地打量着那位女士，越发觉得面前的这位夫人就是CD封面上的人，"难道你就是歌手，同时也是第一夫人的卡拉布鲁尼吗？"

"是我！我很高兴你给我提了那么多的意见！"那位女士笑眯眯地说。

丹尼斯无论如何也想不到，这位看上去面熟的女士竟然就是集歌手、名模、总统夫人于一身的卡拉布鲁尼呀！后来，有人想要以高价从丹尼斯手中购买那张有亲笔签名的CD，但是都被他婉拒了。"你可以花钱买音乐，但你怎么能买友谊？"丹尼斯这样说。

有一次，卡拉布鲁尼在街头和流浪汉聊天的场景引起了法国媒体记者的关注，他希望能借此作为总统夫人的正面形象来宣传报道，但是被卡拉布鲁尼婉拒了："这并不是娱乐事件、也不是政治新闻，这是一份没有身份差别的友谊！"

时间慢慢过去了，卡拉布鲁尼从丹尼斯那看到了贫困人们的生活，激起了她为穷人们做点事的想法！尽管卡拉布鲁尼不想由此成为大众的焦点，但敬业的法国传媒还是将他们的友谊登上了报纸的头条。

2009 年底，卡拉布鲁尼成功地推出了在成为法国第一夫人以后的第一张新专辑《CommeSiDeRienN'etait》，销量在年度排行榜上遥遥领先。前不久，卡拉布鲁尼将这张新专辑的所有收入所得全部捐给了慈善机构。

　　"虽然丹斯尼是一位流浪者，但他拥有与众不同的自尊和人格，我与他拥有着非常好的友谊！是他，唤起我除了在音乐方面的兴趣以外，还要用歌声再做一些更为有意义的事情！"在捐赠典礼上，卡拉布鲁尼这样回答记者的提问。

感恩寄语

　　友谊与身份无关，真正的友谊是心与心，灵魂与灵魂的对话，与肉体、身份、地位等等外在的东西并无太多关联。知恩感恩的人，永远会对友情格外的珍惜，如同守护生命一样守护友谊！

送棺回乡

　　清朝，并没有特别著名的诗人，但有一个人大家还是有所了解的，他是黄仲则。有人评价他的诗有李太白的风格，也有人认为他比较像杜甫，有才华，没文凭，愤世嫉俗，孤傲脱俗，忧心忡忡，不得胜志。他比杜甫还要穷，而且生命更短，仅仅活了34岁，但他给后人留有很多优秀诗歌，正如："十有九人堪白眼，百无一用是书生"；"全家都在风声里，九月衣裳未剪裁"。尤其那句"悄立市桥人不识，一星如月看多时"；"以此星辰非昨夜，为谁风露立中宵"，寂寥得叫人从心底泛起寒栗。

　　黄仲则和洪亮吉两人都是江苏常州人，小的时候一起读书，游学，互相赏识对方，友谊深厚。长大后，为了家庭和理想，黄仲则和洪亮吉都去了北京，但生活境况都很一般。洪亮吉后来还考取了进士，但黄仲则什么都没有。幸运的是，他们都得到了时任陕西巡抚的同乡毕秋凡的赏识和资助。后来洪亮吉去西安做了毕秋凡的幕僚。黄仲则依然在京孤身奋斗，一直到自己再也支撑不下去，才决定也到西安做毕秋凡的幕僚。

　　1783年4月，黄仲则走到山西运城的时候，肺病复发，没钱治病，自己感到生命即将结束，于是写信给洪亮吉，希望他来山西，把后事托付给他。洪亮吉收到黄仲则的信后，连夜借马，从西安奔向山西运城。第四天，当他匆匆赶到黄仲则住的那间破庙时，黄仲则已经去世了。除了见到一口七尺棺材，还有几张诗稿和黄仲则写给家里人的遗书，竟然再也没有任何像样的东西了。他的那位从常州带来的书童，此时也早已杳无音信了。扶着棺材，追忆两人的友谊，洪亮吉泪流不止，决定亲自送黄仲则回老家常州去。

从运城到常州，路途十分遥远，一匹白马后拖着棺材里的那个时代最有才华的诗人；棺材外，站立的同样是那个时代最优秀的诗人和学者，他们这两个朋友相伴着要回老家。这会是怎样的情景啊？

处理完丧事后，洪亮吉和毕秋凡不仅继续资助黄家后代人的生活，还把黄仲则生前留下的诗文发表了。

感恩寄语

这个真实的历史故事，与赵本山老师的一部电影《落叶归根》，有着异曲同工的意境。因为感念友情，珍视彼此的关系，才有了这段流传千古的佳话。感恩，并不是一句口头的表达，更多地是融入到点点滴滴的行动中。

伟大的友谊

　　马克思和恩格斯的友谊是人类的典范。自1842年马克思和恩格斯初识，在40年的漫长岁月里，他们在领导共产主义运动的伟大斗争中，并肩作战，荣辱与共，建立了深厚的友谊。

德国马克思·恩格斯广场上的马克思和恩格斯雕像。

因为革命斗争事业的需要，他们曾经分处两地大约20年，然而，他们的友谊不仅没有疏远，反而因为相隔遥远而愈加密切。他们几乎每天都要通信，谈论各种政治事件和科学理论，一起指导着各国的无产阶级革命运动。

马克思不仅非常敬佩恩格斯渊博的学识和崇高的人格，而且对恩格斯的身体也非常地关心。有段时间，恩格斯病了，马克思一直牵挂在心上，他给恩格斯写信时说到："我关心你的身体健康状况，就像是自己得病一样，甚至还要严重一些。"

恩格斯"为了保护最优秀的思想家存在"，在经济上无私地资助贫穷的马克思，使他能全身心地投身于革命理论的研究，他违背自己的本意，到自己父亲所经营的公司里，做起那"鬼商业"的工作。当《资本论》第一卷付印时，马克思给恩格斯写信说到："之所以能这样，我唯一要感谢你！没有你对我的付出，我肯定不可能完成这样三卷书的巨大工作的。我满怀感激之情拥抱你。"

尽管恩格斯做出了巨大牺牲，但他一直认为，能和马克思共同奋斗40年，是他一生的最大幸福。马克思与恩格斯之间的这种高尚的革命友谊之情，就像列宁称赞的那样，它"超越了古人关于友谊的所有最动人的故事。"

感恩寄语

两个有志之人，灵魂走在了一起，即使20年深处两地，还依然能互相扶持，是因为他们有着共同的信仰，是共同的信仰让他们走在一起，结下了深厚的友谊。他们彼此感恩，彼此鼓励，共同在革命的事业上并肩奋斗。

真正的友谊，不会因为地域的距离和时间的阻隔，而有所淡薄。

羊角哀与左伯桃

　　春秋时期，楚元王崇儒重道，要招贤纳士，消息一公布，数以千计的人闻讯赶来。在西羌积石山，有一个叫左伯桃的贤士，从小父母双亡，读书刻苦勤奋。在他快50岁的时候，终于成为济世之才，学就了安民之业。他看到中国诸侯行仁政的人很少，欺凌弱小的人很多，所以一直没有做官的念头，后来听说楚元王慕仁为义，求遍天下的贤士，于是带着一囊的书，与家乡父老告别，直奔楚国而来。迤逦到达雍地，适逢严冬，雨雪交加，再加狂风如刀割一般，左伯桃奔走整整一天，衣服湿透了，强忍着寒冷继续前行。眼见天色已晚，远远看见竹林之处，有一间茅屋，窗中透出一点亮光来，伯桃很高兴，就跑到这间茅屋敲门求宿，屋里走出一个45岁上下的书生来，知道了左伯桃的来意，连忙请他进屋休息。

　　左伯桃到屋里，上下打量，只见家具简单，已经破旧不堪，床上堆满了书卷，左伯桃询问这个人的姓名，那人告知名叫羊角哀，从小父母双亡，这一生只爱好读书，想救国救民，两人说了几句话，就十分投机，大有"恨相见之太晚"的感觉，两人便结拜做了兄弟。

　　左伯桃见羊角哀一表人材，学识渊博，劝他一道去楚国谋事，羊角哀也正有这个想法。两人选了一个晴朗的日子，随身带了一点干粮去楚国。他们知道夜里住宿，并非一天两天的事情，眼看着干粮将用完，而天又降下大雪，左伯桃暗暗思量，如果这点干粮供给一人食用，或许还能坚持到楚国，否则两个人都会被饿死。

　　他知道自己的学识没有羊角哀渊博，宁愿牺牲自己也要成全羊角哀的功名。于是故意摔伤在地，叫羊角哀搬一块大石来休息。等羊角哀把大石搬来的时候，左伯桃已经脱得精光躺在雪地上，冻得奄奄一息了。

羊角哀嚎啕大哭，左伯桃叫羊角哀把自己的衣服穿上，带走干粮，马上到楚国求取功名。说完就死去了。

羊角哀到了楚国，被上大夫裴仲推荐给元王，元王召见羊角哀之后，羊角哀上陈十策，元王非常高兴，让羊角哀做中大夫，赐予羊角哀黄金百两，绫绸罗缎百匹。羊角哀弃官去寻左伯桃的尸体。羊角哀找到左伯桃的尸体后，给左伯桃香汤沐浴，选择了一块吉地安葬。羊角哀就在这里守墓。

左伯桃的墓和荆轲的墓相隔不远，传说荆轲刺秦王不成，死后灵魂不散，见左伯桃葬于旁，两鬼便起了纠纷。一天夜里，羊角哀梦到左伯桃遍体鳞伤地找他。说荆轲是多么的凶暴，羊角哀醒来后，携剑到左伯桃坟前说："荆轲可恨，哥哥一人打不过他，让我来帮你的忙罢。"说完，拿剑自刎而死。当天夜里狂风暴雨，雷电交加，隐约传来喊杀的声音。天亮了，人们惊讶地发现荆轲的坟爆开了。

楚元王得知这个消息后，为他们二人建立了忠义祠，并立碑记载其事，至今香火不断。

感恩寄语

生命的意义，并不局限于生命本身，还有一些源自生命的真挚的情谊。那些生生不息着的，是为爱而履行着的约定，也有为友谊而长存的信念，它并不因为呼吸的停止而终止。对美好情谊的感恩，将是这人世间最动人的举动。

劲　敌

　　我好像一直不太在意她，她肯定也是这样的吧？在一个宿舍里，隔着一张床，我都能瞥见她那张扬的假笑还有极度夸张矫情的脸。

　　每当这种时候，我通常是大幅度地翻身，把自己一张扭曲变形的脸朝向墙。懒洋洋地拿出本书，啪啪地打开录音机，放得劈里啪啦响。这一连串的事情都是为了气"死"她。

　　此时，我常有种"既生瑜何生亮"的感想，想着要是没有她，我就是学校里独一无二的才女，也可以吸引更多的眼球，出尽比现在多的风头。可惜的是，恰恰是有这么一个才艺双全而且光彩照人的劲敌，盛气凌人地朝我示威。

　　通常是我在某某刊物上刚发表文章，她的文章也会微挑剑眉，小骄傲地扬着下巴，一脸不屑一顾地摇了过来。要么是我背着她拼死拼活地冲锋陷阵，异常兴奋地站在某次活动的领奖台上，一转身，却发现她也得意洋洋地捧着奖品，安然自得地微笑着。就连在宿舍里，我刚说几句震惊四座的连珠妙语，她也会不善罢甘休地说一句比我更为精辟的"名言警句"，把我"落玉盘"的"大珠小珠"，又溅到地上摔个粉碎。

　　有时我买一件衣服，换了发型，或者仅仅修了修眉毛，在镜前等着舍友的关注和赞美，对方要么不屑地瞟了两眼，然后转过身继续去做自己的事；要么不冷不热地说了一句"一般般吧"，将你的自信和骄傲冷漠无情地砸得荡然无存。

考研时，本来我们两个人报了同一所学校，但想到还要与"死对头"抬头不见低头见，这可让我感觉很别扭。要到报考的时候，我填报了自己并不满意的学校，当然所有的事情只是为了永远不见她。

结果，我们都如愿以偿地考入了自己的学校，临别时她露出不舍之情。这个"劲敌"拉着我的手，淡淡地说了一句："如果我们还能在一起，一定还会是一对儿最优秀的人。"好像是突然放光了气，平日里我这个神采奕奕的气球，马上瘫在床上，脑子里又像过电影似的想起了我们那些"硝烟弥漫"的往日。想起每天夜里谁都不肯先闭眼睡去的台灯；想起台灯底下一本本书，一篇篇飞出去的大作；想起终于从小生混成为了叱咤风云的人物；想起很多女孩子都感到的敏感自私与刻薄，这些都是那么鲜明又迅速；想起要是没有这个"劲敌"，今天的我可能不是这个样子……没有"劲敌"的日子，我定会格外怀念。

直到这一刻，我才听见内心的声音：感谢有你这样一个"劲敌"，带给我拼搏和奋斗的动力，让我在前进的路上不孤单。

感恩寄语

友谊的形式有很多种，"劲敌"也是其中的一种。那种明里较劲、暗地惺惺相惜的友情，却最能激发我们前进的能量。不要对这样的友情有所怨恨。相反，要真诚对这样的友情道谢，正因为它的存在，我们在奋斗的路上才有了伴。

化敌为友

著名的 RealNetworks 公司曾经向美国联邦法院提出诉讼，指控比尔·盖茨的微软公司违反反垄断法，要求赔偿 10 亿美元。然而，在官司还没有终结的时候，RealNetworks 公司的首席执行官格拉塞先致电比尔·盖茨，希望微软在技术上能给予支持，让自己的音乐文件可以在网络和便携设备上流畅播放。差不多所有的人都认为比尔·盖茨一定会毫不客气地拒绝格拉塞的请求。令人想不到的是，比尔·盖茨对他的提议表现出超乎寻常的欢迎，他通过微软的发言人阐明，他对对方想要整合软件很感兴趣。

众所周知，微软和苹果两家公司从 20 世纪 80 年代起就一直处于敌对状态，乔布斯和比尔·盖茨两人为夺得私人电脑这一新兴市场的控制权，展开了非常激烈的竞争。到了 20 世纪 90 年代中期，微软公司很明显地占据了优势，拿下了近 90% 的市场份额，但是苹果公司则行走艰难。但让所有人大为惊奇的是，1997 年，微软用 1.5 亿美元的投资帮助苹果公司起死回生。2000 年，微软为苹果推出 Office2001，从此实现真正的双赢，双方都进入了新时代。

这两件让常人觉得不可思议的事情都发生在世界首富比尔·盖茨的身上，这绝对不是偶然。比尔·盖茨的成功，有很多因素，其中有他对商机的掌控以及他那设计的天赋，还有他对他的对手所采取的独特态度。

面对对手，通常的做法是，不屈不挠，迎难而上，永不退缩。但是聪明的比尔·盖茨却选择了另一种方式：与对手站在同一边，把敌人变成自己的朋友。

当你决定不惜一切代价打倒对手时，同样对手也想尽所有的办法去打败你。既然他能成为你的对手，就一定与你旗鼓相当，不好对付。反之，就算你想方设法、千辛万苦将他打败，可是谁能保证日后的某一天他就不会重振旗鼓？到那时，你一定又要提起十二分精神进入战备状态。

因此，这种情况下，最佳的办法不是打败对手，而是像比尔·盖茨一样，以施恩的方式化敌为友，实现双赢。

这也让大家不禁想到一个关于约翰·列侬的故事。1957年，约翰·列侬还是一个默默无闻的普通人。他在一次演出中认识了只有15岁的保罗·麦卡特尼。演出结束后，保罗批评约翰唱得不对，吉他也弹得差劲。

约翰·列侬，英国著名摇滚乐队"披头士"（也译做"甲壳虫"）的成员，摇滚史上最伟大的音乐家之一，披头士乐队的灵魂人物。此外，他还是一位诗人，社会活动家和反战者。

约翰不服气，所以保罗用左手弹了一段非常漂亮的吉他，向约翰展示了他的才华，而且他能一字不差地记住所有的歌词，这让约翰很惊奇。约翰想，要让这孩子成为自己未来的敌人，还不如现在就邀他加入。就是这天，20世纪最成功的音乐搭档诞生了，约翰和保罗共同组建了后来风靡全球的"甲壳虫"乐队，这也是到现在为止音乐历史上影响最为深远的乐队。

感恩寄语

我们要时时保持谦恭的态度，不要吝惜你的恩泽，哪怕对方是你的敌人。多给对方一些友善，对方也会感知。用友谊来代替敌对，用爱心和合作代替厮杀，将为我们节省更多的成本，也将为我们赢得更宝贵的东西。

信任无价

公元前四世纪，意大利一个叫皮斯阿斯的年轻人无意中触犯了国王，被判处死刑。

皮斯阿斯是个孝子，在临死之前，他希望能与数百里以外的母亲见上最后一面，来表达他对母亲的深深歉意之情，因为他再也无法侍奉老母，为老母养老送终了。国王得知了他的请求，也被他的诚孝感动了，决定让皮斯阿斯回家与自己的母亲相见，有一个条件就是皮斯阿斯一定要找到一个可以愿意来替他坐牢的人。看似简单，但似乎不可能实现。

试想一下，有谁又能肯冒着被杀头的危险去替别人坐牢呢？难道这不是自寻死路吗？但茫茫人海中真有不怕死的人，而且也真的愿意去替别人坐牢，他就是皮斯阿斯的好朋友达蒙。

达蒙被关入牢中后，皮斯阿斯才可以回家与母亲告别。每个人都静静地看着事件的发展。时光流逝，皮斯阿斯一去不返。眼看刑期将至，皮斯阿斯也没有回来的征兆。议论纷纷，人们都说达蒙上当了。

行刑的那天下雨了，当达蒙被押赴刑场时，看热闹的人们都在嘲笑他的愚蠢，很多人也为达蒙感到惋惜。然而，刑车上的达蒙面无惧色，反而有一种英勇就义的豪情。

点燃了追魂炮的引线，绞索也挂在达蒙的脖子上。有胆小的人早已吓得紧闭双眼，此时他们在内心深处深深地为达蒙感到惋惜，同时也痛恨那个出卖朋友的卑鄙小人皮斯阿斯。

但是就在这关键时刻，在这暴风雨中，皮斯阿斯狂奔而来，高喊着："我回来了！我回来了！不要杀他！"

这确实是人世间最为感人的一幕！大部分人都以为自己在做梦，但事实就摆在眼前，这个消息好像长了翅膀，很快就传到了国王的耳朵里。听闻此事，国王也以为是痴人说梦。

国王亲临刑场，要亲眼见一见自己的这两个最优秀的子民。最后，国王万分欣喜地为皮斯阿斯松绑，同时赦免了他的死罪。

如果一个人能被别人信任，这样的心情也一定会与平时大不一样。男人，女人，认识的，不认识的，当对方诚挚地说出"我信任你"时，被信任的人会有一种崇高的感觉在心中腾跃，感觉自己受到他人的信任是很光荣，内心很欣慰、很骄傲，更是一种对人格的慰藉。于是，被信任的人好像是珍惜一份至高无上的荣誉那样，去珍惜他人对自己的信任。

即使达蒙在被送上绞刑架的那一瞬间，他也不曾动摇对好朋友皮斯阿斯的信任；然而，皮斯阿斯心中也挂念着朋友对自己的信任，所以才会在紧要关头日夜兼程地赶回来，拯救朋友的生命。他们最后感动了国王，被赦免了。我们可以把信任看成是心中的常青树，站在这棵常青树下，人们的心灵被生命的绿意感动着、滋润着，感受到了心与心之间没有遥远的距离，感觉到了彼此都走得很近，这样可以使朋友间的友谊更加亲密和牢固！

感恩寄语

信守诺言，不仅代表着彼此的信任，更是对深厚友情的感念。正因为友情的牢固，人们才会遵守诺言，不做违背友情的事情。只有对友情感恩的人，才能为对方付出，才能收获真正的友谊。

和阳光一起灿烂的友情

单蓉和张影是同桌。单蓉的学习成绩在班里出类拔萃，但张影的成绩一直不稳定，时好时坏。一天，老师对单蓉说："你和张影是同桌，张影这几天作业很差，时好时坏，我怀疑她抄袭他人的作业。你们是同桌，张影并不笨，你帮帮她，可以吗？"

单蓉回答说："好。"

单蓉和张影家住在同一个小区里，但平时来往甚少。由于受了老师的委托，单蓉约张影到自己家做作业。

很快一个星期过去了。周六上午，单蓉给张影打电话，张影说家中有事，不能到单蓉家，明日再来。

星期天上午和下午张影都没有来，单蓉正担心她家有什么事，要打电话时，张影来了。

张影也很坦率，刚来就说昨天和今天一直在上网，又讲了一些网上的趣事给单蓉听，然后，要单蓉借作业给她。张影说得那么自然，可以看出她抄作业已经不是一次两次了。

单蓉说："抄作业不行，但我可以陪你一同完成作业。"

张影理所当然地说："都几点了，明天还要上学呢。"

单蓉语重心长地说："抄袭作业对你一点好处都没有，日积月累，会把你给害了。"

张影大咧咧地说："没关系嘛，就这一次喽，明天老师还会表扬你帮我有了很好的效果。"

单蓉严肃地说："与其让老师表扬我，还不如真正帮助你，把你的学习成绩提高上去。"

张影生气地说："你不给抄就算了，我向别人去借。"说完就赌气走了。

从那时起，张影不再搭理单蓉了。单蓉心里很不舒服。下午放学后，张影没来做作业，爸爸很奇怪，单蓉把这件事告诉了爸爸。爸爸说："你做对了，你是真的想帮她，从长远角度看，你对自己要有信心，她会理解你的。你不可以放弃她，你要主动帮帮她。"

第二天，班上进行单元测验，张影的成绩很差，还偷窥了别人的试卷。老师把她们二人叫到办公室，老师问："单蓉，你到底怎么帮张影的？"

单蓉当即回答说："老师，都是我不好，我只顾自己的学习了，没能好好地帮张影。但如果老师再给我一次机会，我可以保证她下次一定能考出好成绩。"张影哭了。

那段时间，单蓉每天帮张影补习功课，一起做作业。张影似乎明白了什么，她从此以后再也不抄作业了。

期终考试结束时，张影说："谢谢你帮我考出这么好的成绩。"单蓉说："我帮你的时候，同时我也在复习和巩固啊！我还得感谢你呢！"那一天，阳光明媚。

感恩寄语

有些人用自己的善意想去挽救边缘人物，但是这些边缘人物，把恶习当成是一种常态或是习惯，要想帮助这些人要持之以恒，有耐心，有方法。同时，要学会用爱心去感染他们，感受到温暖和真诚的人，一定会理解你的苦心。

最好的朋友

　　二战时德军轰炸了一个犹太人的孤儿院，数人被当场炸死，另有几人受了重伤，其中一个女孩儿伤势尤其严重。这时一组美军医疗队迅速赶到，医生们立刻对女孩进行抢救，只是女孩失血过多需要输血，但医疗队却没带来足够的同血型的血浆。于是，医疗队开始对孤儿们验血，所幸有几个孩子的血型和女孩是相同的。然而，医生与孤儿们语言不通，医生只好勉强用英语和手势告诉那几个同血型的孩子："这女孩受了重伤，她需要你们的血，你们愿意救她吗？"孩子们似乎还没有在恐惧中回过神儿来，他们呆呆地没人吭声，也没

《圣母子和施洗婴儿》　拉斐尔

　　有真正朋友的人生是幸福的，不是因为可以救你的性命，而是不再孤单。

感恩故事

人愿意献血！医生万分焦急，他们不懂孩子们为什么不愿献血来救自己的同伴？

这时，一个男孩犹豫着举起了颤抖的手。医生们松了口气，马上对男孩进行抽血。当小男孩看着自己的血被一点点抽走时，轻泣着流下眼泪，但他眼中始终流露出勇敢和坚定！医生们见男孩哭了正觉得有些奇怪，这时一名犹太护士赶到孤儿院。在用英语简短的和医生交流后，犹太护士抚摸着小男孩儿的头，夸他勇敢，男孩哭着向护士询问了几句后，却忽地笑了起来。犹太护士解释道：其实孩子们没听懂医生的话，以为要被抽光所有的血才能救那个女孩。这时大家才明白男孩儿为什么会哭，他们好奇地问道："既然知道要死，为何这男孩儿还愿意出来献血呢？"之后，小男孩用一句勇敢的回答感动了在场的所有人："因为她是我最好的朋友！"

感恩寄语

我们每一个人都会被这个故事所感动，也许再也没有人会比那个小男孩更懂得友情的含义了。友情是与亲情、爱情同样宝贵的感情，是人间的大爱，是生命中不可缺失的一部分，重视友情吧，因为它会使你在快乐时有人分享，在痛苦时有人分担。而只有懂得感恩的人，才更愿意向别人伸出友爱的手，他们懂得感激，懂得回报。

加了情谊的水，比酒更甘醇

有一个富翁，他的父母都是农民，小时候家里很穷，他的童年就是在饥饿和困窘中度过的。过节的新衣服，过年的压岁钱，庆祝的鞭炮，父母的呵护，这些原本该属于孩子的记忆，却与他无缘。

最令他终身难忘并感恩的是儿时的小伙伴带给他的无私、真诚的帮助和陪伴。如果小伙伴手里有两块糖果，其中一块肯定就是他的；伙伴手里有一个馒头，其中一半肯定是他的。在窘困和饥饿之中，没有什么比这更宝贵的了。

转瞬间，30年过去了。在此期间世界上有许多事情都发生了变化。此时，富翁也人到中年。他外出闯荡，今日不同往昔。

30年的劳累奔走，身经百战，算计别人的同时也被别人算计，富翁风尘仆仆地一路走过来，成为一个稳健、历练、拥有独特魅力的企业家。有一天，从小离家的他有了思乡情结，于是在一个晴朗的日子里，回到了家乡。当天，他走遍整个村子，感谢叔伯、兄弟姐妹这些年对他父母的照料，而且每家都送了一份礼物。

夜里，富翁在他家的堂屋里摆酒席请宴，赴宴人全部都是当年的光屁股娃娃，当然此时的他们也是四十几岁的中年人了。按那里的习俗，赴宴的人都要带一些礼物以表谢意。大家来的时候，都带着礼物。富翁叫人都收下，打算在宴席之后，让大家带回去。当然，附有自己馈赠的礼物。

就在大家高高兴兴地吃菜喝酒时，门开了，一个儿时旧友手里提着一瓶酒走进来，连声说："对不起，我迟到了。"

大家都知道这个朋友现在生活很艰难，此情此景与富翁儿时很相似。富翁起身接过朋友拿来的酒，把他拽到自己身边的座位上，这个朋友的眼中闪过一丝不易察觉的错乱。

富翁亲自打开酒，举起酒瓶，说："今天，我们就先喝这一瓶，怎么样？"

边说边给大家全部倒满，然后一饮而尽。"味道怎么样？"富翁问道，所有赴宴人瞠目结舌，默不作声。旧友更是羞愧满面，低下了头。

富翁望了一眼全场，沉思片刻，慢慢地说："这些年我走了很多地方，也喝过很多种酒，但是，没有什么酒比今天的酒更好喝，更有味道，更让我感动……"说完，拿起酒瓶站起来，再一次给大家倒酒，"来，干杯。"喝完之后，富翁的眼睛湿润了，朋友也情不自禁地流泪。他们哪里是在喝酒，分明是喝一瓶水啊！

感恩寄语

真正的友谊和亲情一样，不会因为岁月的流逝而疏远。那份真挚的情感会长久地留在心灵的深处，懂得对友情心怀感激的人总是能收获更多的友谊，只有懂得感恩，才会付出，也才能深刻体会朋友的珍贵。

朋友无价

　　风儿带着古老的气息掠过了石碑上模糊的字，沿着时间的轨道讲述了这个美丽而久远的故事。"怎能忘记旧日朋友，心中怎能不欢笑，旧日朋友岂能相忘，友谊地久天长……"古老的歌声在空中飘扬，影印了无数轮回，石碑默默地伫立在我的心中，听着曾经的歌声依旧，一切都不能重来。

　　转眼间，衣柜中的裤子已短了一大块，墙角的洋娃娃布满灰尘，快乐的初一生活已离我远去，每天夜里都做一个美丽的梦，希望自己能回到当年，当记忆的闸门又一次地被打开，那漂亮的风筝又停留在了13岁那年冬天的记忆。

　　"铃铃……"第一科考试考完了，班里的同学差不多都在和自己的好伙伴开心地谈心，虽然我和好朋友之间的距离不到一米，而我们却是仍然那么安静，好像身处两个世界里。一天早上，朋友答应要帮我买一张海报，我的好朋友说她叫了一个朋友替她拿给我，但是，到了下午，我还是没看到海报的影子，我很气愤，感觉被自己最好的朋友欺骗了，虽然她一直向我解释，但我都不相信，于是，一气之下，跟她绝交了。一整天，她都伤心，想努力拯救我们以往的友谊，可我却不知道为什么，始终没有给予她理解和信任，难道，我们的友谊真的这么脆弱吗？

　　第二天，有个同学把一张海报递给我，说是我最好的朋友让她给我拿来，因为昨天有事耽搁了，所以今天才给我拿来，顿时，我感到十分惭愧，但不好意思向朋友道歉。日子一天天过去了，期末考试结束了，大家都回家了。回到家想了很久，决定拿成绩报告单的时候向朋友道歉，等了很长时间，终于可以拿成绩报告单了，那天，我没有看见我的朋友，只是给我留了一张纸条：很抱歉，我没能告诉你，这学期结束后我马上要走了，我很遗憾没能与你说一声再见就离开了，但我真心地希望你能把我当好朋友。当时我泪流不止，在寒风中伫立很久，树叶不停地拍打我，以前美好的影像都不时地在脑海中出现，只是如今我要面对朋友离开的现实。

新的学期到来了，同学们都在自己的座位上与同桌聊着假期的经历，而我，看着旁边的空位，又打开了朋友送的那张海报，努力寻找曾经留下的点点滴滴的生活轨迹，我突然发现我们的友情岁月是那样地美好，虽然有过争吵，但那真的是我最珍惜的时光。

感恩寄语

朋友之间，难免会争吵，会有分歧，甚至摩擦，但是这些都无碍于你们享受友情的美好。懂得珍惜，才懂得感恩，才会拥有更加坚固和真诚的友情。

用心去赢得友谊

　　布兰妮是小学二年级的学生，一天放学后，她刚进门就扑进妈妈的怀里哭着说："下课时，一个男同学喊道：'布兰妮，布兰妮，慢得像龟没法逃，长得这样胖怎么办？'然后每个人都跟着他一起喊。他们为什么嘲笑我？我又该怎么办？"

　　"我想最好的方法是：如果他们和你开玩笑，那么你就跟他们一起闹。"

　　"怎么闹？"

　　"让我们用喜儿糕试一试吧！"妈妈说，她的眼睛闪烁着光芒。

　　"喜儿糕？"

　　"对！是布兰妮的喜儿糕。我们现在一起就来做吧！"

　　不一会儿，厨房里就散发出烘焙巧克力、椰丝、奶油和果仁的香味。面团烤成了浅咖啡色，妈妈把蛋糕从烤箱里拿出来。

　　"你的班上一共有多少同学？"她问道。

　　"一共23个人。"布兰妮回答说。

　　"我就把喜儿糕分成28块。每个同学都分一块，老师汤姆金斯太太也分一块，再给她的丈夫也分一块，另外还要分给校长一块，最后剩下的两块我们现在吃吧！"

　　"明天我开车送你到学校之后，先和汤姆金斯太太谈谈。她会让你的同学排好队，一个挨着一个地说：'布兰妮，布兰妮，给我一块喜

儿糕吧！'"

　　"接下来，你就从盘子里拿一块放在餐巾纸上，对同学说：'我是你的朋友布兰妮，这是你的喜儿糕！'"

　　第二天，妈妈说的话全实现了。自从那时起，同学给她编的一个个顺口溜再没有人念了。布兰妮常常听到同学说："布兰妮，布兰妮，给我烤个喜儿糕吧！"妈妈不管在万圣节、圣诞节还是感恩节，都会烤喜儿糕分给学校的同学。

　　渐渐地，同学们都说，布兰妮的糕点让他们感受到了她的友好，也感受到了布兰妮的妈妈的良苦用心，曾经嘲笑她的那些同学都成了她的朋友。

感恩寄语

　　赢得友谊，并不是靠金钱或者物质，而是需要一颗诚挚的心，心与心的交流是最短的距离。对他人的付出要懂得感恩，这样，才会真正赢得属于你的友谊。而当我们多付出一些爱心，多善待别人，同样会得到更多的回报。

陌生的友谊

　　20 世纪 60 年代末，我还年轻，决定和一班朋友爬喜玛拉雅山脉中一座极其难爬的山峰。经过许多天的徒步和攀登，最终我们到达了海拔最高的营地（24000 英尺），并计划过几天征服顶峰（28000 英尺 1 英尺 =0.3048 米）。从营地到顶峰要有很长一段距离，我们必须早早地出发，

《加来码头》　透纳 (1803 年)
　　来自陌生人的紧急救援，就像是汪洋大海上随时都要倾覆的帆船突然遇到陆地一样，这样的人是值得珍视的，这样的遭遇是一生中都难以忘怀的。

休息了几天之后，在凌晨1点钟我们出发了。

整个早晨，我们一直在攀登，困难比先前的想像要大许多，大家体力渐渐不支，速度越来越慢。原本定在中午1点钟后返回营地，但是我们没有到顶峰。专业登山的人应该知道，如果这个时间还没有到达目的地就一定要返回营地，休息几天后再攀登。可那时我们年轻气盛，体魄强壮，决定继续攀登。"没问题！"所有的人心里都这样想。几个小时攀登之后，我们最后在下午4点到了顶峰。大家马上庆祝了胜利，之后开始返回营地。

走了没多久，我们就碰上了"白区"，一旦你在海拔很高的山上遇到暴风雪时，云和雪都是白色的，你无法分辨出哪是山的那一端，哪是天的开始，不小心就会从山上掉下来。我们都是有经验的登山人，依照对风向的感觉，使用登山铲来探路，大家坚持着慢慢行走。

在海拔如此高的山峰上，有时积雪和冰会延伸到悬崖之外。如果下面冰层牢固，就不会有什么问题，但你没有探测清楚，或者冰断裂，就要看运气了，看你是跳到有雪的一面还是岩石的一面了。白区会对你的判断造成强烈的干扰。

大家都小心谨慎地往下走，突然脚下响起了爆裂的声音。我们正好站在有积雪和冰的悬崖上了，雪下面的冰断裂了。刹那间，我向一个方向跳过去，而我的两个朋友却向相反的方向跳过去。这是我最后一次见到他们，他们跳向了岩石的一边。我在有雪的一侧摔倒了，开始以惊人的速度向山下滑去。在往下滑的过程中，我做的第一件事就是扔掉我身上所有的东西，原因是如果撞到岩石上，我的登山铲还有其他任何硬东西都会杀了我。我边下滑边丢东西，直到全部东西都扔掉。同时，在往下滑时，我的头脑非常清醒。我很清楚发生的所有事情，可是因为下滑的速度确实是太快了，我无法控制自己。我的登山服在高度摩擦下燃烧起来，把我的皮肤也烧伤了。

最终，看似是要变成永恒的滑行时，山的坡度开始慢了下来，终于我停下来了。

而此时，我全身的皮肤几乎都被烧坏了，登山服破得不成样了。朝四周望去，我什么都看不到，一片白色！我估摸着滑行差不多 8000 多英尺。在我想起从哪里开始下滑时，这才想到营地在山的另一面，大约徒步一个星期才能到达。当时我又累又冷，都没有意识到自己的胯骨已经断裂了。我该怎么办呢？我所能做的就是选个方向朝前走。我坚持在没有食物和水的情况下，昼夜前行了 48 个小时。

终于，我走到了有个很小的房子的小山谷里。当我到达那座小房子时，听到了狗叫和小孩子的嬉戏的声音，这些平时被人们忽略的声音，此时此刻对我来说听起来是那么的动人和温暖。一听到这些声音，我坚持不住地无力倒下了。住在这里的好心的女人发现了我，并把我抬进屋里帮我疗伤。当她察觉到我的伤太重，需要专业治疗时，立即决定背我去最近的村庄。这个瘦小的女人背着我徒步整整一个星期，才把我送到医院。

终于，我在病床上躺了三个星期后，才勉强可以拄拐杖下床。这时，我知道了其他两个朋友的噩耗。他们就这样消失在地球上了，连尸首都没有找到。

我的身体渐渐开始康复。于是，我回到美国做了进一步的康复治疗，直到全部恢复。几年后我决定回到那个小屋，回报那些帮助过我的人们，是他们给予我新的生命！见到我的一刻，那里的人们惊讶极了，他们从没想到我会回来。我问他们是否可以为他们做点儿什么，可他们什么都不要。我要给钱，可钱在那个偏僻的地方没有什么用。我一定要做些什么事情来报答他们对我的救命之恩！当我想起那里的孩子和背我下山的女人时，突然我知道了自己该做什么了，我想要为他们建一所学校！我用自己的钱和村里的人一起建了一所小学校，请来老师，让周边的孩子们都来这里上学。这就是我能为他们做的事情，给那里的人们一个接受教育的机会，用知识来改善他们的生活状况。直到今天，我们每年都坚持去那里一两次，现在我们已经有三所很好的学校了。

感恩寄语

　　友谊是用每个人的那颗善良的心作为交流媒介的，只要是你想获得友谊，无论是陌生人还是熟悉人之间都是可以获得的，但一定要用无私和感恩的心去对对方。

士为知己者死

春秋末期晋国著名刺客豫让的一句名言"士为知己者死"，旨在感恩报恩。流传至今，这句话已成为名言了，现在让我们一起来重温一下这个故事吧。

豫让是晋国人，最初他在范氏和中行氏那里做家臣，但始终没有得到器重。一直等到他做了智伯的家臣以后，才受到智伯的赏识，主臣之间关系很亲密。

正在豫让状况好转时，赵襄子联合韩、魏，打败智伯，并拿他的头骨当酒杯。豫让立即决定："有价值的人，应该为器重自己的人，不惜牺牲生命。我一定要为智伯报仇。"

于是豫让逃到了山里，改名换姓，假装自己是受过刑的人，到赵襄子家中修理厕所。他身上藏有匕首，趁机行刺赵襄子。但是第一次行刺失败了，豫让被赵襄子抓到了。审问时，他毫不掩饰地说："为智伯复仇！"侍卫想杀掉他。赵襄子说："他是义士，我以后谨慎小心地躲着他就可以了。更何况智伯死后也没有继承人，他的家臣还想替他报仇，这是天下的贤士啊。"最终把他放走了。

豫让释放出来后，依然不甘心。过了一段时间，他把眉毛和胡须刮掉，改变自己的容貌；吞下炭火，以此来改变声音；将含毒素的漆料涂在身上，让自己的身体脓肿长癞疱，以此改变自己的体态，沿街乞讨。豫让看准了赵襄子要出来的时间和路线。提前在赵襄子要外出的一天，埋伏在一座桥下。赵襄子过桥时，突然之间马受惊了，他猜到了一定是有人行刺，很可能还是豫让，让手下人去打探，果然如此。

豫让于是又被卫士们所擒获，赵襄子问他说："你以前不是跟范氏和中行氏的吗，智伯灭掉了他们，你没有替他们复仇，反而为什么成为智伯的家臣，在他死后，你却坚持为他复仇呢？"

豫让说："我跟随范氏、中行氏时，他们只是把我当普通人对待，所以我就像普通人一样回报他们；智伯把我看作是国士，当然我要像国士那样来回报他。"

赵襄子叹息道："豫让呀！你为智伯尽忠义，成名了；我也宽宏大量免你于死，也做到急公好义。今天我不会放走你了。"

豫让从容回答道："我听说贤明的君主不埋没他人的优点，忠诚的臣子可以为义者死的责任。上次你已经赦免了我，天下所有的人都称赞你的贤明。今天我死而不悔，只求你把衣服给我一件，让我在衣服上刺几剑，来完成我报仇的心愿。即使这样立刻死去，我也死无遗憾。我不敢奢望你能答应我的请求，只是冒昧地把我的心里话告诉你。"

赵襄子满足了他的要求，脱下了他的贵族华服，豫让拔剑三次跳起而刺去，然后拔剑自杀。

感恩寄语

豫让自杀的那一天，所有赵国的侠士都为他感到伤心。这是因为他懂得知恩图报，甚至不惜牺牲自己的生命为代价。现代社会远离了战争和硝烟，我们同样需要一颗感恩的心，心怀感恩的人，才能体会到生活的美好，珍惜拥有的一切。

友谊无界限

　　一切事物都是有灵气的，有灵气一定有仁义。不仅是人类，在动物之间，友谊也是可歌可泣的。在英国北方的偏僻小镇上，有一位很有名的老兽医名叫百拉。

　　有一天，百拉医生的好朋友夏尔抱着他最爱的黑狗布雷，焦急地来到百拉医生的兽医站。

　　百拉一看，布雷的前爪和肚子上全都是血。夏尔说，布雷想跳过高高的围墙到附近的学校去玩耍，没想到学校的墙上铺满了碎玻璃，把布雷的前爪和肚子全都刮上了深深的伤口。百拉医生立刻给布雷打了麻药，还给它清洗和整理伤口，在伤口上缝了五六针，最终消毒包纱布。还热心地把手推车借给夏尔，让夏尔把布雷完好地送到家中。布雷好好地在家养伤，伤口很快就好了。不过它倒是安静了很多，不再像从前那样贪玩和调皮了。

　　几个月之后的一个傍晚，百拉医生正准备下班收拾东西，突然听到动物爪子不停扒门的声音。他匆忙跑去开门一看，竟然是布雷，但是这次没看到夏尔。百拉正在感到奇怪之际，布雷灵巧地从打开的门缝里溜了进来。百拉医生才发现布雷的身后还有个小家伙，一条很脏的已经瘦得皮包骨头的小黄狗。

　　小黄狗好像很不安，样子可怜极了，看起来应该是一条流浪狗。它紧紧地尾随着布雷，东张西望，惴惴不安地跟着布雷走进诊所。百拉见它走起路来一瘸一拐，每一步都留下一行深深的血印。百拉医生立刻明白了布雷的想法。它一定恰巧碰到受伤的小黄狗，由此想到百拉医生给自己治疗伤口的经历，也希望百拉医生给小黄狗疗伤，便独自把它领来了。

百拉医生心里悸动了一下，不敢耽搁片刻，把小黄狗抱到手术台上检查。百拉发现它的脚上扎进了几根尖锐的植物刺，完全地陷入肉里。伤口完全化脓，由此可见时间太长了。百拉医生立刻细心地给小黄狗拔刺，消毒，然后轻轻地包起来。

就在百拉医生为小黄狗包扎伤口时，布雷一直在旁边守着，一动不动，不时地发出轻微的声响，好像是在安慰，又好像是在同情。

百拉医生包扎好小黄狗的伤口以后，把它抱回地上，然后打开门，看着布雷带着小黄狗，缓缓地，缓缓地，在夜色中远去……

感恩寄语

在动物之间，也有友谊，它们对友谊的表达，本质上与人类是相同的。爱心是没有界限的，不管它在什么样的世界里，友谊都是灾难的救助者，同时也是光明的指引者。友谊的宝贵尚在动物之间能真实体现，我们更应该珍惜友谊。

素不相识的感恩

　　一天晚上，乔开车往家走。在这个中西部的小社区里想找一份工作是多么的艰难，但他始终没有放弃。冬天将近，寒冷紧紧地包围着乔，路上冷冷清清。要不是离开这里，一般人都不会走这条路的。他的大多数朋友都远走他乡，这些人要养家糊口，实现梦想，但是乔留下来了。毕竟这是他父母所葬之地，他生在这里长在这里，这里的一草一木他都

《弗拉巴德的水车小屋》康斯坦布尔

再熟悉不过了。

天渐渐黑下来，还飘起了雪花，他必须抓紧时间赶路。就是因为这个，他差点错过那个在路边走来走去的老奶奶。他看得出老奶奶需要帮助，所以，他把车停到老奶奶的奔驰前。

虽然他已经面带微笑，但老奶奶还是多少有些担心。一个多小时过去了，也没有人停下来帮忙。他能帮助她吗？他看上去那么的困窘、饥寒交迫，那么不让人放心。他看出老太太的担心，伫立在寒风中一动不动。他知道她的想法，只有寒冷和恐惧才会让人这样。"我是来帮助你的，老妈妈。你为什么不到车里取暖呢？顺便告诉你，我是乔。"他说。

老奶奶遇到的麻烦只是车胎瘪了，乔爬到车下面，放上千斤顶，一共爬下去两次。最后，他浑身都脏了，手也伤到了。当他把最后一个螺母拧紧时，她摇下车窗，与他闲聊。她自己说是从圣路易斯来，途经这儿，对他的帮助感激万分。乔笑了笑，帮她把后备箱关上。

老奶奶问他要多少钱，出多少钱她都愿意给。但是乔没有想到钱的事情，他只是帮助那些需要帮助的人，上帝知道曾经在他遇到苦难时有多少人也帮助过他呀。他说，如果她真要谢他，请她如果遇到需要帮助的人时，也给予一些帮忙吧，并且"想起像我这样的人"。

他看着老奶奶发动汽车，上路了。天气仍然是那么的寒冷，但他在回

去的路上非常开心，开着车消失在月色中。

沿着这条路行驶了几英里，老奶奶看到一家小咖啡馆。想进去吃点东西，散散寒气，然后继续赶路。

女侍者面带甜甜的微笑走过来，递给她一条干净的毛巾，想要她擦干湿漉漉的头发。老太太看到女侍者已有将近8个月的身孕，但她的服务态度并没有因为过度劳累和不方便的身体而有所改变。老奶奶吃完饭后，拿出100美元结账，女侍者拿钱去找零，而老奶奶却悄悄出了门。

当女侍者拿着零钱回来时，正在疑惑老奶奶去哪儿了，这时她才看到餐巾上的字。上面写道："你不欠我的，因为我曾经跟你一样。有人在过去帮助过我，就像我现在帮助你一样。如果你真想回报我，就不要让这个爱之链在你这儿中断。"女侍者感动不已，留下了激动的泪水。

虽然还要打扫桌子，招待客人，但女侍者一天都坚持下来了。晚上，下班回家，躺在床上，她心里还在想着老太太的话，老太太是如何知道她和丈夫需要钱呢？孩子下个月就要出生了，生活变得异常艰难。她懂得她的丈夫的焦急，当丈夫走到她身边时，她给了丈夫一个温柔的吻，轻声细语地说："一切都会好的。我爱你，乔。"

感恩寄语

"如果你真想回报我，就不要让这个爱之链在你这儿中断。"整个社会都是帮助与被帮助的这个大爱的环境，当你获得帮助的时候不要觉得理所当然，同样，你要帮助下个需要你帮助的人。感恩社会，回报社会。

第三章
春风化雨，心香一柱——
开启智慧之门的引领者

勒考克与罗丹的故事

法国著名的雕塑艺术大师罗丹，自幼成长在一个贫寒的家庭，他的父亲是一名警察局的雇员。幼年的罗丹非常酷爱绘画，却因为家里实在没有多余的钱来买颜料和画笔，从而遭到了父亲的强烈反对，最后他只能无奈地徘徊在美术学校的大门口。

在罗丹14岁那年，上帝终于眷顾了这个孩子，一次偶然的机会，使他进入了巴黎图画数学学校学习。在那里，他遇到了艺术道路上的领路人：一位惜才的老师——勒考克。入学后，罗丹凭借着自己对绘画的热爱和天赋，很快被勒考克老师发现，觉得眼前的罗丹是一株才华初露的幼苗，于是他立刻以极大的热情和严格的态度精心地培植着这株幼苗。

有一次，罗丹因为实在无力购买颜料等用品，很是伤心，一时冲动，决定撕掉自己所作的画，打算永远告别他热爱的艺术。勒考克老师闻讯火

奥古斯特·罗丹（1840—1917年），法国雕塑艺术家。他被认为是19—20世纪初最伟大的现实主义雕塑艺术家。罗丹和他的两个学生马约尔和布德尔，被誉为欧洲雕刻的"三大支柱"。

速从家中赶来，声色俱厉地训斥了罗丹："只有我有权利决定如何处理你的这些画！我还准备把这些画保存起来。"

没过多久，他又把罗丹送进雕塑室去深造。罗丹果然不负老师的期望，在学习雕塑期间，展示出他超人的天赋和能力。在那里，他几乎每天都在雕塑室里度过，双手不停地在面前的泥巴上反复摸索、构思，在面前的雕塑作品中重新融进了自己对绘画艺术的热情。不久之后，罗丹在别人的劝告下，投考了巴黎官方的美术专科学校，但却很不顺利，一连三次都名落孙山。

这次的打击使罗丹彻底绝望了。他甚至悲伤地认为，如果不能成为一名雕塑家，就意味着自己的生命也已经结束了。就在他万念俱灰之际，勒考克先生再次向他伸出了热情的援助之手，他找到罗丹，耐心地开导他说："你没有被美术学校录取，对你来说可能还是一个最好的事情。要知道，现在的美术学校已经变成了一所古典主义的学校，在那里塑造出来的东西都是千篇一律，每个作品根本毫无感情，而且单调至极，全是些骗人的东西！"听了老师的一番话，罗丹的心渐渐打开了，在他的鼓励下，罗丹又重新燃起不断进取的信心和勇气，在他对艺术孜孜不倦的追求下，终于成为了继米开朗琪罗之后，在世界雕塑艺术史上最具影响的雕塑家之一。

感恩寄语

一位好老师，犹如一名兢兢业业的苗圃园丁，他们不断用自己的爱心、耐心，培育着一株株幼苗，直至长成参天大树。

老师，我想你

又到了接孩子放学的时间，一个个班级的学生在老师的带领下走出校门，我不停地寻找着孩子的身影……"人并不是一生出来就什么都会的。"多么熟悉的一句话！我忍不住回过头，看见一位老师正亲切地教导着她的学生。恍惚之间，我的思绪凌乱起来，再次把我带回到学生时代……

"人并不是一生出来就什么都会的。"这是我踏入初中的第一天，语文王老师说的第一句话，也是她的开场白。听着如此和蔼、温柔的声音，我们那幼稚而反叛的心也逐渐地变得成熟、乖巧。

她患有严重的喉炎，但依然孜孜不倦辛勤耕耘了数十载，桃李遍天下。有一次，她在给我们上课时，我们发现她讲话的声音不再像以前响亮时，这时一个同学小声地抱怨："讲得这么小声，怎么听得清楚嘛！"王老师听见了微笑着说："怎么，大家听不清吗？可能是我的喉咙痛的原因，没关系，我尽量大声点讲好了。"说着她艰难地咽下一口水，似乎咽下的是喉间所有的疼痛。这时，我们班上的几个男生竟不约而同地提出要给老师买饮料，王老师也开玩笑似的说："好啊，孩子们真乖。"没想到话音刚落，有个同学就"蹬蹬"地跑了出去，他的同桌想去把他追回来，却被王老师阻止了。她不忍心伤害一个学生的真心啊。

当喝下沁人心脾的饮料后，王老师欣慰地笑了，因为她知道，她品尝的不仅仅是一瓶饮料，而是一个学生对她的爱心！

在王老师悉心教导下，我们班的语文成绩始终在年级名列前茅。光阴似箭，初中的时光在欢笑声中过去了。我们也将毕业离开熟悉的校园、敬爱的老师。如今在我们脸上也少了那些稚气而又天真的微笑，举手投足间不时地透露出成熟的稳健。

时间的隔膜似乎要将我们与王老师狠狠地分开，纵使有再多的不舍也改变不了分开的残酷现实。但是没有人能够体会到我们内心的那份不舍，当时还不太懂得表达的我们，又怎能诉说清楚我们的哀伤呢？

如今，虽然已经时隔20多年，也许王老师不知道，在我们的心中，她永远是我们的好老师；同时我们也知道，在她心里我们也永远是她的骄傲！王老师，我想你！

感恩寄语

在我们儿时的记忆里，肯定会有使我们难忘的老师，是他们的教导和指引，使我们在后来的人生路上有了更明确的目标，他带领我们在知识的丛林中探险，教育我们学习知识，却从不求回报。向所有的老师们问声好吧，相信你记忆中的那位老师也会听得见。

爱的力量

许多年以前，在某所大学有一个叫约翰·霍普金的教授。这天在课堂上，他给毕业生布置了最后一项作业：到一个贫民窟，找 200 个年龄介于 12 ~ 16 岁之间的男孩，然后再调查他们的家庭环境和成长背景，最后请同学们预测一下 20 年后他们的未来，并要求将这项作业以论文的形式写出来。

毕业生们接受了课题后，每个人都运用社会统计学知识，设计出不同的问题，跟男孩们进行交谈，从中分析出各种数据，最后大家得出结论，一致认为：那些男孩中 90% 的人将会有在监狱里服刑的经历。

25 年后，教授又给另一批学生布置了一个作业：来检验 25 年前的那项预测是否正确。学生们又来到贫民窟。以前的男孩，如今都已经长大成人。有的已经搬走，有的依然住在原地，还有的已经去世了。最终，学生们还是竭力与原来的 200 个男孩中的 180 个人取得了联系。但他们却发现其中只有 4 人曾经进过监狱。

为什么在这犯罪率颇高的贫民窟，那些男孩子却有那么好的成长记录呢？所有学生都感到不解和吃惊，后来他们被告知：那些孩子曾经被一位老师教导过。

学生们又通过了进一步调查和寻找，后来他们发现其中 75% 的孩子都曾是一名女老师教过的学生。于是研究人员最终在一个"退休教师之家"的机构中，找到了那个女教师。究竟那个妇女是如何把良好的教育和影响带给那些不羁管教的孩子？为什么20多年过去了。那些孩子至今还记着那个女教师？研究人员迫不及待地想知道那些问题的答案。

"不知道，没什么。"女教师淡淡地答道，"同学们，我真的给不了你们确切的答案。"接着她慢慢讲述起那些孩子们的趣事，和与他们相处的点滴往事，同学们看到，当她回想起多年前和孩子们在一起的情景时，在她的脸上浮现着极其安详、幸福的笑容，接着她又缓缓地自言自语说道："我只是非常爱那些孩子们……"

感恩寄语

"爱"对于这些不羁管教的"坏"孩子来说，如春雨和甘露一般珍贵，正是这份爱温暖着他们的饥渴的心灵，使他们在对爱的感知和感恩中，走过难忘的童年时代，爱能掩盖一切的罪过，使孩子们远离了罪恶，成为了有益于社会的人，从而也改变着他们将来的人生。

难忘的乡村教师

在省城中学崭新而又宽敞明亮的教室里，娟子老师正在给同学们讲述着一个故事，教室里静静的，只有娟子老师的声音缓缓地回荡：

那已经是 20 年前的事了，在遥远偏僻的大巴山深处，有一所名不见经传的"袖珍"学校，之所以称之为"袖珍"，是因为整个学校仅仅有一间简陋的土坯房搭成的教室，学校里也只有一个班级。班上有 13 名不同年龄的学生，和唯一一位既是校长又是校工的老师林萧，他每天一边不辞辛苦地接送着孩子们，一边给他们授课，从一年级一直教到六年级……

然而，就在学生们快毕业那年，不幸的事突然发生了。

有个放牛娃因为淘气，在山上玩火，不小心把教室土坯房周围的茅草引着了。等大家发现时，熊熊的大火已经将教室门口紧紧地封住。

教室里的 13 名乡下娃子一下子都慌了神，唯有那位乡村教师比以往任何时候都镇静。他一面叫孩子们不要慌张，一面把孩子们一个个背到屋外，眼看大火慢慢地将窄窄的木门完全封住，老师的衣服、头发和胡子全都被火烧焦了。但他丝毫没有放弃的念头。直到最后，教室里只剩下两个女孩子。

当老师再一次冲进火海时，那两个女孩正蹲在教室的角落哇哇大哭。老师看了她俩一眼，最后咬了咬牙，不由分说地背起了其中一个往外面冲去。

就在这时，被火烧得通红的门框呼地一声砸了下来，把老师砸了一个趔趄，但他还是咬牙背着那个女孩从大火中爬了出来。

他将女孩背到安全地带后，又不顾一切地再次冲进了早已变成火海的教室里。就在一刹那间，只听轰的一声巨响，教室的屋顶和墙壁被烈火烧塌了。老师和最后那个女孩再也没能出来……

故事讲到这里，娟子老师早已泪流满面。同学们都不约而同地猜出来："最后救出来的那名女同学就是您吗？"

"是的。"娟子含泪点点头，"可是，你们知道最后那个留在教室里，再也没有被老师背出来的同学是谁么？"同学们都纷纷摇着头。

"就是老师的女儿呀！"话音刚落，娟子再也忍不住哭出了声……

感恩寄语

　　为了其他孩子的安全，不惜舍弃自己孩子生存的一线希望！正是因着这份大爱，使这位老师在来不及思考的关键时刻，选择了牺牲自己和亲生骨肉。有一种爱叫大爱，有一种永恒叫千秋，我们为这样的老师而骄傲，我们不会再悲伤，因为我们要将您的希望延续下去，把您的爱心传递下去，让更多的人感受到世间的美好。

最富智慧的新老师

高中时代早已离我们远去，然而，难忘的高中生活，至今使我留恋，其中还有我们的班主任，没有她的出现，我们的人生也许将是另一番景象……

还记得高一的暑假刚过，大家带着尚未完全消退的暑期的闲散，坐在教室里，这时，从门外走进来一位年轻漂亮的女老师，早就听说要给我们这个年级有名的"活跃班"换老师，教语文兼任班主任，难道就是她？

这是她的第一堂课，只见这位"稚气未脱"的小老师站在讲台上，半天都没吭声，脸上似乎还流露出羞涩的表情。看到这里我心里想："完了，又会是一个倒霉的老师！就凭她这样一个'可怜虫'还能管得住我们这出了名的'人精们'吗？唉！"此刻，教室里一片沉寂。

《花神》 提香
当你在学校遇到一位好老师的时候，她不啻就是一位美丽的天使。她将带给你好运。

这时老师终于说话了："我是个瞎子！"这句话一出口，教室里顿时像炸了营。"哇！你咋是个瞎子呢？"同学们在下面不约而同地大叫了起来。

她仿佛没有听见下面的动静，依旧站在前面，静静地说着："雨果曾说过：'美丽的女人是瞎子，因为她对自己逐渐增长的皱纹视而不见；爱挥霍的人是瞎子，因为他只看到事情的开端却无视结局；自作聪明的人是瞎子，因为他看不到自己的无知；正直的人是瞎子，因为他没有看到骗子；那些骗子也是瞎子，因为他们没有看见上帝；上帝还是瞎子，因为他没看见在创造世界的时候魔鬼也趁机混了进来。'而我也是瞎子，看不到我讲的课中有没有错误。所以我请你们能帮助我，用你们一双双明亮的眼睛紧紧地盯住我这个瞎子老师，帮助我找出讲课中的所有错误。我相信，你们一定可以办得到！"

在这一堂课上，我们果然一个个瞪大了双眼，紧紧地盯着这个自诩为"瞎子"的老师。就这样一个学期过后，我们早已习惯了盯住所有的老师上课，直到高中的课程全部结束，毕业那天，谁也没有想到，在高考中，我们班所有同学全部以优异的成绩被全国的大专院校录取。

毕业那天，我们争着与这位特别的女老师合影留念，仿佛她就是我们心中的偶像，而我们就是崇拜她的粉丝。最后我在照片背面用碳素墨水笔工工整整地写道"您不是瞎子，您能看透我们的心灵，您是智慧的化身，爱的天使！"

感恩寄语

相信每一个能真正走进孩子心灵的老师，都是美和智慧的化身，是爱的天使……老师用爱和殷切的期盼，在我们求知的路上守护着、引领着，用无私的关怀照亮了我们前进的方向。

我的"疯"老师

在我上中学时,有一个疯老师。他是教我们化学课的魏老师,用"疯"字来形容他,最恰当不过了。至于魏老师教书怎么样,我倒记不清了,但是他那股疯劲却使我至今记忆犹新。

首先是他那够疯够帅的发型。不知道是自然天生,还是后天的人为,初中三年里,一直都是顶着那一头长于男士的卷发,而这些卷发又顺服地朝着一个方向躺着,蓬蓬松松地搭在脑袋的一侧,远远望去一目了然,带着这六分特别,四分妖娆,再加上金丝眼镜和说话时总是偏向一侧的头,透着股斯文与滑稽,简直让人忍俊不禁。

要说他那"疯"劲还真多呢。每到学习最紧张时,老师会在早晚自习轮流坐班,有时还会上晚课。有时晚自习经常会突然停电,所以我们都会备些蜡烛继续学习,从不敢怠慢。而这位"疯"老师还是个超级的鬼故事大王,每到他的晚自习停电时,同学们都兴奋不已,他一定会主动或是有点"勉强"地把我们带入恐怖的鬼世界里。那些搞怪的男同学们,为了营造气氛,通常只点上两三支蜡烛,魏老师站在中间,我们则一层层紧紧地围在周围。只见他靠在课桌旁,抱着胳膊,歪着头,在忽明忽暗、飘摇不定的烛光里,开始绘声绘色、声情并茂地讲着各种鬼故事。每到讲到紧张处时,他还会故弄玄虚,装腔作势,时而突然暴叫,时而小声窃窃私语,害得我们也不时高声惊叫,心里狂跳,还一个劲儿往老师身边挤,唯恐暴露在人群圈外,被身后的黑暗吞没,甚至几次差点把课桌椅挤倒。每当看到我们个个惊慌失措的样子，魏老师总会忍不住哈哈大笑，然后露出一副若无其事的神情来。而那时我们的心情却久久不得平静，长久地处于汗毛直立的状态，如果此时有男同学随便弄些小恶作剧，女同学们肯定会被吓得尖叫不已。这时如果突然来电了，魏老师的故事便会戛然而止，不管故事有没有讲完，或同学们如何哀求，他也会立即换出一副严肃认真的面孔，吩咐我们马上进入到学习状态。有时候到了下自习时间，电还不来时，魏老师总会差遣部分男同学护送不住校的女生回家，算是一种特别安慰了吧。

总之，"疯"老师给我们单调枯燥的学习生活平添了很多乐趣，同时也使我们有了更多的体验，虽然有些是"可怕"的体验。他却让我们知道，学习并不是唯一，生活中还有很多东西需要我们去慢慢地感受。

感恩寄语

老师是带领学生走进知识殿堂的人，但在生活中也是学生们的朋友，能够聆听学生心声、像朋友一样交流的人。他们不仅让我们学到了知识，更多地是带给我们对生活和未来的感悟。

严与爱

　　在我早年的印象里，我的语文杜老师应该是最厉害的老师了，虽然杜老师已经是快50岁的人了，但你可不要小看她哟，在她身上表露出的那股"严厉"劲儿依然毫不逊色。不过她有个特别之处就是："每次把你狠狠批评一顿后，又会像母亲一样去开导、安慰你。"

　　记得刚开学的那段时间，是我最不好过的日子了！我被杜老师请到办公室的次数早已打破了原先的个人纪录，去办公室几乎都成了家常便饭，就算闭着眼我都能摸到办公室。不仅如此，在其他的考核中我也是负债累累，排在全班的最后，这一切使我颜面尽失，班主任对我的印象也越来越差，接下来还要请家长。面对以后的日子，我顿时茫然极了。

　　记不得是哪天中午，只记得我当时忘记了带饭，中午时，我再次"光荣"地被杜老师请进了办公室，面对即将来临的暴风雨，我早已做好了心理准备。但这一次发生的事却出乎我的意料！杜老师笑呵呵地把我叫到身旁，让我坐下和她聊聊，还要我尝她刚买的无花果，熟透了的，看上去肯定很甜。但我的心里却难受极了。

　　这时杜老师像对待小孩似的，拿起一个无花果放到嘴里给我示范。然后又一次请我吃，我只好硬着头皮拿起了一个，感觉像小偷似的，迅速地放到嘴里，慢慢地、轻声地嚼着。当我马上要咽下去的时候，我偷偷地看了一眼杜老师，脸上的皱纹愈发地明显，几根刺眼的白发从耳鬓探出头来，一双几乎被冻僵了的手干枯而粗糙。这时在她的右手旁，我看见了热气腾腾还没来得及吃的饭菜，那饭菜里的水蒸气跳跃着向我的脸上扑来。这时，我的鼻子感到一阵发酸，不知是那淘气的水蒸气还是感动的泪水，静静地在脸上流淌。就在这时，杜老师看了看我静静地说：还没吃饭吧……

这就是我的杜老师，严厉而善良的老师。经过了那天在办公室发生的事，我彻底改变了对她的看法，再也不会抱怨老师的严厉了，因为在那"严"字的背后写着满满的爱！

随后，在短短的一年时间里，我一跃成为班里的尖子生，所有人都为我的蜕变而惊讶。但我心里知道，这一切都源自于杜老师，源自于她带给我的关怀。

感恩寄语

　　管教与严厉可以说都是爱的极致表现，相信每一个从学生时代走过来的朋友，都或多或少地有过感受，在我们正处在懵懂的年岁，老师那一双引领我们向上的手，足以温暖我们的青春。

老师！妈妈！

在我很小的时候妈妈就去世了，爸爸把我丢给奶奶，然后就出外打工去了，从此以后，除了奶奶，我再没有第二个人可以说知心话了。而她——我的老师，却从此改变了我。

"同学们，上课了！今天是我担任你们班主任的第一天。"一串悦耳的声音让嘈杂的教室顿时安静下来。这就是我和她的第一次相识。记得她当时穿了一身暗色的衣裙，朴素中散发着成熟知识女性的魅力，她一出现使得我的眼前一亮，被她那不同于常人的气质所吸引。最使我难忘的是她温柔、慈祥、可亲的面庞，和嘴角那淡淡的微笑；她眼角的皱纹，充满了对过往岁月的见证和知识的积累；那双明亮而智慧的眼睛，时刻闪烁着光芒。

第二天，我又犯了忘带作业的老毛病。刚下课，老师就派同学叫我过去。在去办公室的路上，我一心想着她会如

《岩下圣母》 达芬奇

在学校里的你，如果有幸能够遇到一位慈母般的老师，那么你会变得更加美丽动人。

何如何地把我狠狠骂一顿，但没想到，刚踏进办公室的门口，见她含笑地对我说：

"小蕊，来，喝杯茶吧！"我感觉有些手足无措，她怎么会如此"礼遇"我这个"双差生"呢？我心里一边纳闷，一边听话地喝下了那杯热茶。随后又低下了头，"怎么样？我沏茶的手艺还不错吧！"这时她看着我笑着说。"很好，谢谢您。"我如实地答道。

"你觉得老师怎么样？"她继续微笑地问。"很好啊！"我疑惑地看看她，然后答道。"那我们可以成为知心朋友吗？"她的眼神中充满着期待。我能感觉到，她真的愿意和我交朋友，其实我也很喜欢她，便痛快地答应了。

"太好了，那现在能不能告诉老师是什么原因让你这个'当官'的把'印'都忘带了呢？"

"这个……"我脸红着低下了头。"记住，我们做事要对自己负责，而不是对他人。今后，你在学校遇到困难就找我，我就是你的家长，你的妈妈。"她一改素日里的温柔，严肃地对我说。

"妈妈！"我终于忍不住热泪盈眶，此时此刻我重新找到了失去的母爱。在后来与她朝夕相处的两年里，我们彼此了解，彼此信赖。她既是我最知心的朋友，又是忠实的听众，更是在我无助的时候陪伴保护我的妈妈。她那慈母般的温柔使我越来越依赖她。

直到现在，我仿佛还能看到在微风中，她那飘逸的发丝，嘴角淡淡的微笑，还有那朴素的衣裙……把那段美好的时光永远定格。

感恩寄语

　　老师用自己的如春风雨露般的爱，温暖着孩子那颗孤独、渴望爱的心。这种对生活上和精神上给予的关怀，往往更令我们难忘。因为，正是这颗慈爱的心，使我们在学习的道路上有了坚强的依靠。

奉献的美

在漫长的人生路上，我已随着飞逝的时光跋涉了48个春秋。虽然时间在变，年龄在变，环境也在变，但是对昔日老师的记忆却永远不会忘怀，每当蓦然回首，身后那一串串或清晰或模糊或磕磕绊绊的脚印，总是如烟如雾，丝丝缕缕地萦绕心弦。昔日那点点滴滴的记忆碎片，也会随之被重新拾起，一片片串起的清晰画面闪现在眼前……

那年我刚刚升入初二，开学第一天，身材矮小的您走进了教室，全班顿时一片哗然，对于您那天的装束，我至今还依稀记得，头上梳着短短的两个辫子，灰色的平方领上衣，蓝色的裤子，穿在只有一米四左右的身上，虽然个子矮小，人却显得很干练，此时北方的九月还残留着夏日的炎热，当您走进教室的那刻起，我顿觉空气变得清凉许多。

您的数学课讲得真棒！为了帮助我们理解与记忆，甚至会把好多枯燥的数学公式编成口诀，直到多年以后，当年学过的好多东西，已经在记忆里模糊了，但我对您教给我们的数学公式仍然记忆犹新。以至于大学时期，面对令很多同学头疼的高等数学，我都得心应手。

由于那时刚刚粉碎四人帮，国家也处于百废待兴的时候，高考制度逐渐地恢复，有着独到见解的您，总会利用业余时间一边进行家访，一边单独为我们补课，正是在那时，您给我们讲述了知识可以改变命运的道理。

但那时活泼好动的我们总是和您对着干，对于事物的认识和理解总显得有些迟缓，并没有真正体会您的苦心。课堂上做啥的都有，画画的、看小人书的……有时我们会为您突如其来的探查唏嘘不已，甚至在心里还曾咒骂过您，直到今天我们才真正理解和体会到您的良苦用心，从而感到惭愧。

"默默无闻，无私奉献"，正是您那一代老师的缩影。在我迎战高考的日子里，您还放弃了对家人的照顾，伴着月色归家早已成为那段日子的常态，不让每个学生掉队，就是您的愿望。

没有嫣然绽放的花蕾，便失去了四季的宜人温馨，没有了您温暖怡人的微笑，便失去了那份美好的人间友情，没有您的谆谆教诲，也就没有我们莘莘学子的金榜题名。是您那一颗博大的心，容忍了您的学生们犯下的任何错误。对您来说，奉献才是一种真正的幸福、一种来自内心而远超物质的美……

感恩寄语

　　老师这个职业，也许并没有多少可歌可泣的动人事迹，更没有惊天动地的大事，然而他们的人格魅力和对学生无私的爱，却永远散发着夺目的光彩。它们散发着母爱一般的温暖，让我们在前进的路上勇往直前。

再忆恩师

周老师是我六年级时的班主任，也是留给我深刻印象的一位好老师。

从我们那一届开始，小学增加了六年级，于是学校决定将五、六年级搬到861初中子弟学校。但是这样一来，就需要每人从两里地之外的原学校里，各搬一套桌凳到教室报到。

但是对于从小就体弱的我来说，这几乎是件无法完成的事情，开始的半里路我还勉强可以，但到后来就掉队了。"需要帮忙吗？"这时一个清脆的声音，从我身后传来，我怯生生地回头一看，一个年轻漂亮的阿姨正用和蔼的目光看着我。我害羞地点了点头。没想到，她竟然一直把我的桌椅送到了教室，而且还就坐在教室里不走了，直到这时我才回过神来，啊，她原来就是我们的新班主任。

她姓周，担任我们的语文教学。对于语文，最让我头疼的就是那些近义词与反义词、词语的结构、病句的诊断与修改、缩句与扩句，等等，然而这些烦琐的知识点，却被周老师讲得如此生动深刻，使原本对语文有些厌烦的我，也忍不住跟着她的思路走，渐渐地对语文产生了浓厚的兴趣……

在生活上，周老师更是与我们成为了朋友，由于路途远，我们班就有20多人留校，我们不得不自己在教室边缘的小矮房里住下，不仅如此，我们还要学习自己煮饭。记得刚开始的时候，不是水放多了，就是米放少了，害得大家矛盾重重，到最后谁也不愿意承担做饭的任务了。但是周老师却耐心地劝解我们，同时教大家如何做饭，而且不厌其烦地给我们示范。为了解决我们关于做饭问题的矛盾，她还特意制定了做饭值班表，每人一天做饭，炒菜，洗碗，分工既明确又细致。经过这么一番安排，原本令人讨厌和无奈的做饭，也成为大家乐于做的事情了。那些美好的时光真的是少有，也给我们带来了童真中的惬意。

时光就这样不知不觉地从身边溜走，直到面临毕业考试时，我才猛然发觉，就要离开这间矮矮的教室，黑黢黢的厨房，简陋的炊具，还有那些伙伴，以及在学习生活中与我们形影不离的周老师，使我在恋恋不舍中又充满了无奈。

毕业后，我开始了后面的求学之路，而敬爱的周老师也因工作变动，离开了那个穷乡僻壤的镇中学。

直到现在，已经过去20多个春秋了，我再没有得到有关周老师的消息，但她的音容笑貌却仍然印刻在我的脑海里……

感恩寄语

亲其师，才能信其道。老师的善良、温柔、体贴，将永远留在孩子们的记忆里。作为老师，往往没有过多的修饰，只有默默的坚持和奉献，却让一代代的学生迎来命运的转折和成功。

老师，我爱您

在我读师范的时候，遇到一位姓徐的恩师，她是绥化地区的拔尖人才，是全国特教领域的业务精英，是她给了我力量。

不知是她的才气、平易随和感动了我，还是我的质朴与单纯吸引了她，总感觉在一起学习的时光是那么美好。慢慢地，通过生活上的接触，我深深地体会到徐老师是一位名副其实的师者，是我以后效仿的榜样与表率。

在我的身上，她不知倾注了多少心血。是她引领我参加了"全国高等教育自学考试"，同时还为我办好了一切手续。在徐老师热切、真

《雅典学院》　拉斐尔

严师才能出高徒，当然老师还得具备很高的水平。否则，空洞的严厉只会令人生厌。

诚的期待中，我以最快的速度和最优异的成绩，取得了汉语言文学专业大专文凭。这张毕业证书，浸透了我勤奋刻苦的汗水，同时也饱含着老师的关切与支持。徐老师弟子成群，阅人无数，我能得到徐老师的肯定与赏识，更是我此生的荣幸。

忘不了徐老师出差归来后，带给我作为奖赏的礼物：一枝红参、一支钢笔；也忘不了，去安达应考的前日，由于事忙特意委托她爱人为我煮的鸡蛋；忘不了，去海伦应考的前日，徐老师的悉心安排与贴心叮嘱；忘不了，节假日她包的饺子。

我从没见过像徐老师那样清廉得透明、澄澈，甚至要租房住的老师。然而为了自己心爱的学生们，她宁可牺牲自己的利益，也不收他们分文。节假日，有的学生因路途遥远选择留在学校，徐老师就把他们叫到家里吃饭，忙活一下午，一做就是一桌子美味。

而且，她还是我所见过的少有的见多识广、学识渊博、思维敏锐、观点独特的老师。她利用业余时间撰写了许多著作，其中还包括全国中等师范教材。她参加的学术交流会议不计其数，她的独到见解赢得了与会专家

的高度赞赏，除了日常的教学以外，她还常常奔走于省内外、国内外。现在想起来，能成为她的学生是怎样的一种奢侈与荣幸啊！

如今我也已为人师，也像徐老师那样，把爱奉献给学生。因为我深知，爱是代代相传的，奉献是可以传递下去的。有一句话始终萦绕在心间：徐老师，我爱您！

感恩寄语

爱，首先意味着奉献，意味着将自己的付出献给所爱的人，献给需要的人。这个世界上，只要有爱的地方，就有花的绽放。老师的爱，便是其中开的最为艳丽的一朵。

谢谢您，老师

郭老师是我小学时的大队辅导员，虽然身材并不伟岸，但却有一双会说话的眼睛。平日里幽默风趣、善良、脾气又好的他，真像我的一位大哥哥。当我每天在校门口值日时，都盼望能等到他值班的那一天，因为他总会跟我聊天：不论是班上发生的事，还是工作中遇到的问题。除此以外，他还经常用长辈那语重心长的口吻，不厌其烦地告诉我做人与做事的道理。

其实那时的我，并不十分活泼和自信，也不怎么大方。但是，正是在与郭老师经常的聊天中，我在不知不觉中发生了很大改变。而且，为了能给我锻炼自己的机会，他还经常让我登上主席台演讲、带领全校同学高呼校训、让我自己学会组织开会，等等……就这样在老师的关怀和帮助下，我每天都在快乐地学习、成长。

直到六年级毕业的前一天，也是我最难忘的一天，正巧是郭老师值班。当我在学校门口做完我最后的值日，此时学校已经空荡荡的，我离开的时刻终于到了。当我在传达室里收拾书包准备回家时，郭老师突然走到了传达室的门口，似乎在那里已经等我很久了，要对我说最后的一声"再见"。

"郭老师！"我强忍住眼泪，最后喊了他一声。

"嗯。"他略带迟疑回答了一句："走吧，以后要好好学习啊，到了新环境你一定会适应的。"

此时此刻，我的喉间突然哽咽着，什么话也说不出来了，最后只点点头，对他说声："老师，再见。"

"再见！"老师微笑着向我挥了挥手。

当我迈出校门的一霎那，忍不住又一次回头，看见他还在对我微笑着，笑得那么慈祥，至今都使我难忘……

现在，在我脑海中始终像电影一样回放着当时的画面，感谢苍天，让我认识了您。回想小学生活，有您相伴的时光，如今都已变成了美好的回忆。

当又是一个人静下来时，我总会忍不住想起您，仿佛又见到了您忙碌时那汗流浃背的样子；又看到了您在校园里来去匆匆的脚步；耳边又响起："一定要有坚定的信念，不能被困难打倒。"那爱的叮咛和话语，那句句春风化雨般的叮咛，使我仿佛看到雨过天晴的彩虹……

感恩寄语

老师，是我们心灵的指路明灯，他们用真诚的教诲和无私的关爱，帮助青春勃发的学生确定人生的航向。感谢老师，正是他们的奉献，我们才得以一步一个脚印坚定地前行。

忆马老师

　　相信在大多数的学生眼中，老师都如"凶神"一般，在家长的眼里则又变成清高的"白领"，在其他人眼里，教师这个职业又成为打不破的"铁饭碗"。然而在我看来，这些都是偏见！因为在我眼中的马老师，是一位恪尽职守、无私奉献的人生领路人。

　　至今我还依稀记得，三年级开学那天，第一次见到老师的情形。上课铃响了几声后，只见教室的门缓缓地闪出了一条缝，接着一束阳光正好照在那张枯树皮一样满是皱纹的脸上，他上身穿着看上去还算比较洋气的白西服，但是却缺少了一条画龙点睛的领带。再看下半身，就有些不堪入目了，一条严重褪色的牛仔裤皱巴巴地穿在身上，脚蹬一双像是从废品回收站里捡来的老式皮鞋，虽然看上去很干净，却已快开胶了……

　　看到眼前的"不速之客"，大家你一言我一语地说个没完。"谁的家长来看孩子啦？""粉墙工人怎么走进教室里来了？"

　　然而，面对同学们的出言不逊，他并没有表现出愤怒，而是从容地走上讲台，将手中一本崭新的语文书放在课桌上，接着用他沙哑但很洪亮的声音跟大家打招呼，并在黑板上有力地写出了自己的名字……

　　几个寒暑转眼过去了，马老师依旧穿着那条褪色的牛仔裤，而那件洋气的西服却只有在特殊的时候才穿，马老师对我们始终是一副和蔼可亲的模样，即使我们当中最调皮的同学犯了错误，马老师也从未扬手打过一个学生，只是用那双能与托尔斯泰相媲美的犀利目光，瞪一眼犯错误的学生，最严重的也不过大声呵斥两声。然而在马老师那严厉的呵斥声背后，我们都能听出来温柔的一面。

　　在一次学校的大扫除中，我们全班师生一起忙碌着。一位同学的手不小心被碎玻璃片划伤了，马老师见此情形，急忙丢下自己手中的大笤帚，掏出钱派同学去药店买来创可贴。他自己则端来清水，把那位同学手上的血洗干净后，再仔细地贴上创可贴……

　　如今，每当想起当时的一幕一幕，仍然使我感动！好老师是什么？是吐丝的春蚕，还是照亮别人燃烧自己的蜡烛？在我看来，更是那滋润学生心灵的滴滴雨露。真正的好老师不是训服学生，而是用实际行动来感动学生。他们教出来的学生不一定都成为人才，但一定都会成人……

感恩寄语

　　如果说，父母教会了我们迈出人生的第一步，那么老师就使我们迈上人生的一级台阶。是老师把我们从幼稚带入成熟；也是老师使我们看到了天有多高、海有多深、梦想有多大……

跳过心理的高度

　　杜晓雨在高二的时候，遭遇了一场意外的车祸，劫后余生的他却从此留下了残疾，走路的时候一瘸一拐。慢慢地，自卑的情绪渐渐地在他心中蔓延。由于担心同学们嘲笑，一遇到体育课，他便竭力找各种借口逃避。

　　又一次体育课，杨老师在听了他一直以来的借口之后，便一字一顿地说："你不用跑，只需要和我们一起做广播体操，你觉得可以吗？"杜晓雨尽管满心的不情愿，但看着老师询问的眼光，终于点点头，同意了。然而，就在他和同学们一起做完广播体操之后，老师又安排了跳高训练。同学们按顺序都跳了过去，接着，老师开始叫杜晓雨的名字。面对第二次喊叫，他气愤地对老师说："我不行的！你明知道我的腿不行，干嘛还要勉强我跳呢？我跳不了！"

　　"你自己看看这高度！你肯定能跳过去！你不过是遇到了车祸，怎么总是把自己当成一个残疾人、窝囊废呢？"杨老师激动地冲他喊道。

　　杨老师话音刚落，杜晓雨突然疯了一般地向跳杆冲去，他居然顺利地跳过了跳杆。有了信心的杜晓雨又在杨老师的专门安排下，一次接着一次地顺利跳过了跳杆，甚至比他没有遭遇车祸之前跳得还高。

　　下课后，杨老师慈爱地拍着杜晓雨的肩膀对他说，其实第二次之后，老师悄悄地调高了跳杆的高度，但他还是顺利地跳了过去。老师意味深长地说："今后，无论遇到什么困难，都不要自己先给自己设限，你永远也无法估量自己的潜能会有多大!"

经历了这次事件,杜晓雨走出了自卑自怜的阴影,他不再逃避,整个人的精神面貌焕然一新。他和同学们一起出早操,一同跑步,并不再逃避体育课。

更令人感到高兴的是,由于持续地锻炼,杜晓雨的病情大为好转,而且心理上也成熟了很多,不再惧怕困难和挫折,对自己也充满了信心,最终顺利地考上了理想的大学。

大学毕业后,杜晓雨步入了社会,并成了一个对社会有用的人。而每当在事业上停滞不前或者遭遇困境的时候,他总能想起杨老师的那句话。

如果没有杨老师的那一堂特别的体育课,杜晓雨的人生也许很难有质的飞跃!他是幸运的,他的命运从那一刻已经有了全新的开始。

感恩寄语

教师被誉为人类灵魂的工程师。是的,人生路中上有恩师的教导,就不会迷失方向,一路之上有恩师的关注,才会更加自信,勇敢地走向新的辉煌。

曾经的"霸王花"

　　我们新来的英语方老师被同学们列为校花级人物。因为她那瀑布般的长发，白皙的皮肤，还有睿智而温柔的双眸……她就是我们心中的女神！然而，我们班里的那些小调皮们，在私下里却不叫她"校花"，而是喊她"霸王花"。

　　说起她的这个绰号，还有一段故事呢……

　　以前，我们班上有好多"热爱祖国语言的人士"从骨子里就厌烦英语。而自从方老师来到我们班，那些"爱国人士"，再也不敢一意孤行，因为他们知道这样做会付出代价。

　　上课的铃声一响，方老师那原本温柔的目光立刻变成了利剑。那如炬的目光简直就像探照灯一样，扫视着教室的每一个角落。每个小动作在她的眼里都无处遁形。如果发现哪里有

《伊拉莫斯的肖像》　小荷尔拜因
　　严厉不是目的，严厉只是老师爱学生的一种体现。如果脱离了爱的严厉，就只能是刻薄了。

"风吹草动"，方老师会用犀利的目光紧紧地盯着。随后，就是一声霹雳似的断喝，会让那个"开小差"的"勇士"立刻"魂飞天外"。接着，那个倒霉的同学只能乖乖地捧起课本，战战兢兢地走到讲台前，这还不算完，等到下课以后，他还要忍受方老师长篇累牍的思想教育。到后来，凡是被教育的那些"个别分子"，都会产生深深的罪恶感，甚至"痛不欲生"，恨不得立即洗心革面重新做人……

就这样，经过了几个回合的较量，我们班级里的那些还抱有幻想的顽皮男生都一一地败下阵来。甚至连那些曾经耀武扬威的"风云人物"，只要在英语课上，一律变成了一只只温顺的绵羊，哪个不怕"霸王花"啊？虽然他们有时还会在背地里有种种密谋，但一到了方老师面前，立刻就变成了乖孩子。

因为她的善良和独特的教学方法，所以方老师也成为了我们最爱的老师。她从来不布置那些机械而又重复的作业。同时对测试考试全部通过的学生，还会法外开恩——免做当天的英语作业。从此我们在课后都拼命地温习功课，而且都会争取在新的测验中取得满分。所以如今在我们班出现了一个怪现象：写作业的学生越来越少，而那些英语成绩大大提高的学生却越来越多。

到现在，"霸王花"这个称呼在我们班早已销声匿迹了，就连当初那些淘气的男生，也渐渐喜欢上了方老师，准确地说，应该是已经离不开她了……

感恩寄语

德国的教育学家第斯多惠说过："教学的艺术不在于传授本领，而在于激励、唤醒和鼓舞。"我们也曾遇到过充满爱与激情的老师，他们不仅带领我们畅游知识的海洋，还引领我们去发现、去感悟生活的美好和趣味。我们应当为自己有这样的老师而感到庆幸。

算　账

凌老师刚调来没多久，就被安排接手李老师的班，有人曾善意地提醒他说："李老师教的学生很不好接，弄不好还会遭到家长的指责和投诉。"凌老师听后只是淡淡一笑，说："我会耐心辅导他们的，如果学生进步了，自然也就不会受到家长的谴责了。"

对方一听，随即就回敬了一句："那你就等着瞧吧！"

在接手后的几天里，凌老师通过观察，发现全班有三分之一的学生，主动请优等生代写作业。经过询问，才知道差生的作业，都是原来的李老师要求他们代做的，这是为了迎接检查。知道这个情况以后，他要求每个学生必须独立完成作业，不准再出现代写的情况。遇到问题的学生，可以请教老师或同学。讲课时，他也特别关注差生，此外，他还利用课余时间给他们开小灶补课。对那些取得一丁点进步的学生，他总不忘给予及时的表扬和鼓励。

经过一学期的努力，班里最差的学生也能独立完成作业了。而那些考试靠别人代写试卷的学生，也能考出四五十分，凌老师看到这些变化，心里说不出的高兴。

学期结束，家长来学校拿成绩单，当看到自己孩子的成绩单上的分数时，其中一位家长忍不住质问凌老师："我的孩子在李老师教时，成绩最低还有80多分，你才教了半年，才考了40多分，退步太大了，你是怎么教的？你这是误人子弟！"

"您别发火！你将孩子送到学校来，就是想看到孩子真实的进步，看到孩子的实际成绩，若只要好看的分数还有意义吗？"凌老师经过解释后，那位家长沉默了。

　　等凌老师离开后，这位孩子真诚地对妈妈说："凌老师比李老师好，因为李老师根本不管我们差生的学习，为了应付检查，我们的作业都是由成绩好的同学做的。她讲课也只提问成绩好的同学，每次我们提出听不懂时，她总是责备我们凑热闹。考试时，我们做的试卷，都被李老师留下来，并没有被监考老师拿走。但是凌老师就不一样了，他讲课时总是偏向差生，还要求我们独立完成作业，还在课外给我们补课。考试时，也要求我们独立做卷子。所以这次的成绩才是真实的。您反倒责备凌老师，太不讲理了。"

　　班里的其他几位家长，看着自己孩子的成绩单上的分数，本想发火，当听了这孩子的一番话后，再也不去找凌老师算账了，相反，他们的心里反倒开始对凌老师感激起来，只有这种对孩子负责的态度，才能让孩子真正得到成长和发展。

感恩寄语

　　每一个孩子都是特别的，不要轻易地否定他们的价值。而善于在落后的学生身上付出更多心血的老师，往往更值得我们尊敬，因为这种关怀足以拯救一个顽劣的灵魂。

懒老师

我的语文老师是世界上最"懒"的人。

"我这个人比较懒，所以也喜欢做个懒老师。"这是他经常挂在嘴边的一句话，事实上也是如此。

在他的课上，从不给我们布置什么作业，他说："我才不想给你们留那么多作业，因为我才懒得改呢！"所以，我一开始对他的这种"懒"和不负责任的行为，始终抱有一种抵触的情绪。这简直就是误人子弟！跟着他学，岂不等于在拿自己的前途命运开玩笑吗？

但是没过多久，我就发现了一些端倪，因为我们所学的科目多，一张张的试卷排着队摆在课桌上，使人看了就头疼。感觉既枯燥又疲惫。而语文科作业却少得可怜，减轻了负担，大家这才感受到了"懒"老师的好处，也不自觉地关注起语文课来。而我对这位"懒"老师的印象也开始有了转变……

虽然他从来不给我们布置多少作业，但对于每周一篇的周记和读书笔记，却显得格外尽心尽力，每次总是认真地批改，并点评到位。原来，我们对作文都是"怕"字当头，而现在，除了每个人都有了一本厚厚的读书笔记之外，还渐渐地爱上了作文，还有些同学的周记，竟然在各级报刊杂志上发表了呢。

"我啊，比较懒。"他还是这样说。但他却要求考试不合格的同学放学后留下，他并没有懒得管他们自己先去食堂吃饭，而是跟他们一起留下来，直到将不合格的写完并且批改完。有好几次等他批改完，食堂里早已没有饭菜，他于是就吃几块饼干充饥。

他每次备课都一丝不苟，上课的时候，都是绘声绘色地给我们讲解每一个知识点。如果遇到问题或没有讲到的地方，他肯定会经过仔细的思考后，再给我们补充，并让我们通过理解消化。

就是这样一个"懒"老师，当我们下课时，总会看到他在办公室忙碌的身影，或是批改我们的作文，或是在为下一节课作着准备，或是在紧蹙着眉头思考着问题……总之，这个号称最"懒"的老师，在课间里却并没有那么悠闲。

"懒"老师在他的教学生涯中，送走了好几届学生，相信有很多人都听过他这句话吧，但不知道能有几个人是真正理解了他这句话的。

"我啊，比较懒。"这句永远不变的口头禅。真是非同一般。因为在这个"懒"字里，有一个不能割舍的词："负责"！所以他不仅一点也不懒，反而在他身上成就了一种"懒惰"的智慧……

感恩寄语

　　负责任的"懒"老师，不仅赢得了学生的爱，更使他们看到了为人良师的典范。也许让孩子们拥有更多的自主空间，反而更能促使他们凭借自己的思考得到更多的收获和感悟，而以这种方式获得的体验，往往在孩子们的记忆中会更加持久和清晰。

再谢恩师

"感谢"！一个多么动听而又感人的词，当我们身边有了它，一切都变得美好；世界也因为有了它的存在，而变得和谐、温暖……

在我的一生中，有太多的人需要感谢，除了祖国母亲，和生我养我的父母以外，还有那些奉献出自己宝贵青春的老师们，因为是你们使我学会了勇敢；是你们让我懂得了做人的道理；是你们让我学会了感恩！

那个炎热的周末下午，现在回想起来仍然记忆犹新……

那是一节数学辅导课，周末的校园静得出奇，只有不时传来的知了声，和树叶在风吹拂下的沙沙作响。教室里，黑压压的人头挤满了整个课堂，许老师此时正站在讲台上，还在滔滔不绝地讲课呢。哎！许老师这次又拖课了，全班同学个个都愁眉苦脸，耷拉着脑袋，显出无精打采的样子。敏锐的许老师似乎感觉到了什么苗头，立刻话题一转说："大家都打起精神来，都六年级了，拖点儿堂算什么嘛！"我们听后都不禁

《基督在彼拉多面前通过》
丁托列托（1518 年）
我们成长之后的多才多艺和沉静稳重的举止，哪一样没有老师的影子呢？

咂了一下嘴巴，然后慢腾腾地用手支着脑袋，眼睛看着黑板，心里却骂道："这个'许拖堂'，真烦死了，回家还要写这么多作业，还要我们活不活了？"

那天下午，当我回到家时，已经六点钟了，看着面前堆了一桌子的作业，时间慢慢地流逝，此刻对许老师的恨也越来越深。便向妈妈抱怨说："妈妈，妈妈！我们的许老师好烦哦！今天又拖课了！"妈妈听后也点了点头说道："就是嘛！拖到那么晚才放学，你们的许老师真傻，为你们补课到这么晚还不收钱，还是数学老师呢，一点儿都不会算账，早点回家多好啊！拖着劳累的身子给你们上课，还得不到你们的理解！何苦呢！"

我一下子恍然大悟，窗外深邃的夜空布满了星星，是那么的美丽。此时，我仿佛看到许老师正拖着疲惫的身子在回家的路上。已经深夜了，也许这时的她早已没有了一点力气，而是静静地躺在床上……想到这里，我的眼眶不禁湿润了，为了我们这些与她毫无血缘关系的学生，她倾注了所有的时间和耐心，而不懂事的我们却丝毫没有感激，反而还满腹抱怨。真是惭愧啊！我不由得心中响起一个声音：谢谢您！我亲爱的老师！

感恩寄语

当我们终于可以展翅高飞，回首过往，最难忘的恐怕就是恩师那孜孜不倦的教诲。如今我们的翅膀之所以这样有力，我们之所以可以飞得这样高，就是因为老师带给了我们勇气和能量。

最有魅力的老师

如果有人问谁是最有魅力的人，我会抢先回答，就是我的班主任徐老师……

她是一个既风趣又细腻温柔的老师，不会整日在我们耳边唠叨大道理，而是用她那独特的方法，一针见血地指出问题所在，除此之外，还经常鼓励我们大胆地提出自己的想法。

记得在一次作文课上，她在黑板上给我们出了一道数学题：某班有 40 名学生，其中的 30 名学生，分别救了一位落水儿童，那么，全校 1200 名学生，一共能救多少名落水儿童呢？大家都不解其意，面面相觑，有个同学站起来提出了疑义："这道题出的不符合常理啊，怎么会有这样的事呢？"而徐老师却一本正经地说："怎么不可能发生这种事呢？在我们班 40 位同学中，不就出现了 30 名'小英雄'在救落水儿童吗？我在大家写的《忘不了这件事》的作文中，得到的这个题目啊！"大家这才恍然大悟，原来徐老师是从侧面提醒我们，写作文最重要的是真实可信。虚假的东西是绝不能打动人的，只有真实情感的文章才是好文章。

正是她独特的教学方法，使我们对语文的学习产生了浓厚的兴趣。她不断地带领着我们一步步走向文学知识的殿堂。她倡导用发散性的思维方式思考问题，同时还花费大量的业余时间制作出精美的PPT，把我们带入到美妙的境地，对我们阅读和理解课文，起到了推波助澜的作用。

她时常告诫学生：文学艺术作品贵在含蓄，要给人以广阔的想象空间。

是啊，想象力不仅是知识的源泉，还是推动知识进步的动力。难得的是，处于应试教育的大环境下的我们，还能遇到这样的老师，以她独特的魅力展开我们求知的翅膀。

"师者，传道、授业、解惑者也"。虽然在现代社会，校园早已不再是从前那座纯粹的"象牙塔"，那些脱离实际的教育永远是空洞乏味的。然而，在您的身上却散发着独特的魅力，激发我们求知的欲望和兴趣。我深深地感谢您，徐老师——我心中的好老师，我眼中的魅力老师！

感恩寄语

老师有时就像是渡口的渡航人，任岁月变迁，时光流逝，他们总是为一批批的学生撑着船，将他们送往知识的彼岸。当孩子们终有一天学有所成，总会记得当年那双划桨的手，对老师的无私深深感恩。

"多面"老师

　　王老师是个多面人，给我们上课时的他是个幽默风趣的好老师；我们犯错误时他是一只令同学们闻风丧胆的"大老虎"；课外的王老师又是深受同学们喜欢的——一个调皮可爱的"老顽童"！

　　他与其他老师有着明显的不同，就是会把他的幽默细胞带到枯燥的数学课上。记得有一次，一个同学在他的数学课上打起了瞌睡，王老师发现后立刻用粉笔头扔向他，可是那名同学却没被惊醒。于是他就笑眯眯地打趣说："看来这位同学'钓鱼'去了！甚至连我的'炸弹攻击'都打扰不了他的雅兴啊！我看今年过年，他们家可以卖咸鱼干啦！。"王老师的一番话，逗得我们全班同学前仰后合，再看那个打瞌睡的同学，此时已被笑声惊醒，随即羞得无地自容。从此以后，谁也不敢在他的课上打瞌睡了。

　　但是幽默的他在面对我们的课业时，却出奇的严格，而且对自己的工作也是一丝不苟。

　　你们可别被王老师斯斯文文的外表欺骗了，当我们犯了错误时，他简直就是一只"大老虎"，而且我曾经还实实在在地领教了这只"大老虎"的厉害！

　　一次"五一"长假，因为我光顾着玩儿，竟然忘记了做数学作业，假后开学的一大早，我突然有种不详的预感。果然不出所料，第一节刚下课，我就被请到了王老师的办公室，当我忐忑不安地来到王老师面前时，他正用严厉的目光，透过眼镜"虎"视眈眈地盯着我，看我不知所措的样子，王老师用不愠不火的语气跟我"絮叨"起来，从他那铁青的脸色看得出来，这次老师真的生气了！我开始为自己的懒惰感到羞愧……

然而，严厉归严厉，我们更喜欢那个调皮又可爱的"老顽童"！每次课外活动课时，王老师总会早早地在操场上等着，和班上的几个男同学一起打篮球，虽然他个子小，但是身体却特别灵活。有一次，他带球一口气晃过几名球员，直奔篮筐而来，对方球员一看不好，马上回敬了个"盖帽"，谁料，篮球没碰着，却把一心想进球的王老师铲了个四脚朝天，眼镜也跌落在一边。大家紧张地围了过来，王老师却一个挺身从地上爬起来，忙不迭地找回眼镜，然后大声嚷道："三秒区内竟然敢犯规，罚球！"说着，也顾不得去整理衣服上的尘土，忙抱起篮球放到篮板前……看着他衣衫不整的狼狈样子和脸上洋溢着的得意的神情，也许只有"老顽童"才会这样吧！

我喜欢不愠不火的"大老虎"，也喜欢调皮又可爱的"老顽童"，更喜欢幽默风趣的王老师！他不仅让我们在学业上取得好的成绩，而且还带给我们很多快乐。

感恩寄语

老师的爱，总是平凡、朴实而又有些沉重。无论是对我们取得成绩时绽放的笑容，还是在我们犯错后严厉的眼神，都饱含了对学生的爱。也正是点滴的平凡小事，将老师平凡中的伟大展现得淋漓尽致。

"女侠"老师

时间过得真快，随着假期的结束，新学期马不停蹄地到来了。我们班新换了一位语文老师，她姓陈，不仅年轻漂亮，而且讲起课来口齿伶俐，不论是普通话还是教学方式都是一流的。可以称得上是："文"能"骂"得你"归田隐居"，"武"能举起粉笔"行云流水"，在我们眼里简直就是一位隐居城市的"女侠"！

这一天，陈老师在语文课上给大家讲词性知识。大部分同学都在认真地听着，只有两个"胆大包天"的同学正在"梦里水乡"。陈老师看见后灵机一动，想出了一个大家较容易回答的问题："睡觉和认真分别属于什么词性？"我连忙举手回答道："睡觉是动词，认真是形容词。"陈老师借机幽默地说："好，现在班上大多数同学都是形容词，但也有个别同学是动词哦。"一句话引来同学们的哄堂大笑，两位半睡半醒的同学在笑声中也坐直了身子。陈老师接着又趁热打铁地补充了一句："好，现在个别动词也变成形容词了！"

期中考试结束后，同学们看到自己的成绩不太理想，陈老师在课上诚恳地对我们说："一分耕耘，一分收获。我没有在你们身上尽力耕耘，这是我的责任，在这里我向大家检讨。但是'教'与'学'又是互相关联的，在我们班里一直都有一批'逍遥派'，上课时，要么在'云中散步'，要么在搞'地下活动'，甚至有的中了我的'流星粉弹'都还浑然不知、死不悔改。你们说说看，像他们这样的'练功'又怎能炼出自己的'最高境界'呢？所以我希望大家把有限的过去，都以现在作为终点，把我们无限的未来以现在作为起点，只要我们一起努力从头再来，我深信有一天，你们的'功夫'一定会有突飞猛进的提高，正所谓'失败是成功之母'嘛，我盼望着能听到大家功成名就的喜讯！"话音刚落，教室里就响起了雷鸣般的掌声……

　　这就是我最喜欢的"女侠"老师，一个与众不同的"另类"老师。对于这个"另类"，虽然我无法用确切的字义解释，但我想这也许就是一种感觉吧，因为她让我感受到了一位敬业的老师对学生真正的关爱。

感恩寄语

　　教师，也是这个世界上最为平凡的职业之一，总是在重复着琐碎而繁杂的工作，不厌其烦地向学生传授知识；但又是最有意义的职业，他们用自己的一言一行影响着无数孩子的成长。给学生以关爱，为他们点亮智慧的灯，是教师们永恒的信念。

先改变自己

在我上五年级时，我们班新调来了一位教数学的关老师。他个子不太高，长了一张国字脸，黝黑的皮肤，使我不禁想起了电视里的"包青天"，看起来还真有些严厉。

这个关老师平时最喜欢学习成绩好的同学，对差生似乎有些"敬而远之"。

有一天早晨，我刚踏进学校，就看见班里的一个差生向关老师问好，但不知他是没听清，还是故意不理他，没做任何回应，径直地向教室走去。与此同时，班长"杀"了过来，也向他问好，关老师却向班长点了点头。我看到眼前的这种"不公平"待遇，心中不禁对他生出一种厌恶。

有一次上课的预备铃响了，可班长和我还在吵架。关老师看见有人吵架就走了过来，看见是班长和我在吵架，虽然我在班上成绩并不是太差，一直都是在八九十分，但成绩却不稳定。我心想：我这回死定了，老师肯定会偏向班长，果然不出我所料，关老师马上用一种命令的口吻对我说："赶快把笔还给班长，还有，罚你把今天的作业抄十遍。"听到这话，我伤心透了，从此对他由小小的不满一下子转变成"深仇大恨"。

等到我放学回家后，第一件事就是制作了一个"复仇计划"。第二天，我早早地来到学校，小心翼翼地拿着粉笔在黑板上胡乱地画起来，接着又向左右一看，没人，便又在关老师常坐的椅子上画了个鬼脸，一切顺利！我不禁为我的"杰作"开心地笑了起来。

上课了，关老师走进教室不管三七二十一就坐在椅子上，我强忍住没笑出声来。这时关老师突然想起，这节课是语文课，于是立刻又灰溜溜地站起身，跑回办公室，我立刻看见关老师的屁股后面的鬼脸，再也忍不住笑了起来……

没想到竟然有同学向班主任打小报告。不久我便被叫到办公室，班主任对我说："每个老师都喜欢成绩好的同学，这是人之常情，我们不能去刻意改变这样一个常理，所以唯一能改变的就是自己，只有努力使自己的学习成绩提高、老师们才会喜欢你的。"我想了想觉得很有道理，谁不喜欢和学习好的同学在一起呢？于是，决定向关老师认错。当我刚走出办公室，刚好遇到关老师迎面走来，我走过去，低着头小声地说："关老师，对不起，我把您的衣服弄脏了。"他亲切地笑着说："没关系。"

从此，我下决心提高自己的成绩，果然在后来的考试中，我都名列前茅。直到今天，我始终忘不了班主任老师的那句话：唯一能改变的就是自己，只有努力使自己的学习成绩提高，老师们才会喜欢你的……

感恩寄语

　　印度著名的诗人泰戈尔曾说过，信念是鸟，它在黎明仍旧黑暗之际，感受到了光明，唱出了歌。很多时候，正因为老师对学生的心灵暗示，将学生心头的希望和信念点亮，开始用信念的标准去要求自己，于是，才谱写出一曲曲美妙的青春之歌。

出乎意料的表扬

今天，我毕业了，就要离开我的母校了，在这六年中，发生了很多事情，其中有一件事深深地印在了我的心中：这还要从我刚刚升入四年级的时候说起……

四年级新学期开始的第一天，我们拿着暑假作业来到了教室，安静地等待着班主任刘老师的到来。但是等来的却不是刘老师，而是一个陌生的面孔——新来的雷老师。

刚开始时，我们和她相处还算融洽，但一个多月过去了，我开始觉得这位雷老师对我们管得太严了，简直一点儿自由都不留给我们，甚至感觉她与原来的那个班主任相比，简直糟糕透了。

但通过一件事，却让我从此彻底推翻了对雷老师的不满。以前我经常不完成作业，但是雷老师十分信任我，认为我回家一定能够写完。然而，坏习惯早已形成，我还是辜负了她的希望。终于有一天，因为我欠的"债"太多了，放学时被雷老师留了下来，同时家长也被"请"到了学校。

我十分紧张，生怕老师向我的家长告状。于是，我偷偷地一边补写着作业，一边竖耳聆听雷老师和我父母的谈话……

过了一会儿，妈妈回来了，此时我已做好挨骂的准备，没想到，妈妈小声地对我说："刚才雷老师向我表扬你呢！"我简直不敢相信自己的耳朵，惊奇地抬头看着妈妈，妈妈接着说："老师说你最近进步挺

《农民的婚礼》 勃鲁盖尔 (1525 年)

真正高明的老师，从来都是以德服人的，以势力压人的老师是不会得到学生们真心的爱护的。

大的，在老师心目中你一直是一个十分聪明的孩子。上课回答问题也非常的积极，只是还有一些小毛病，希望你能尽快改正。"听了妈妈的话，我不知说什么好，没过多久，我把作业全都补完了，当我把作业交给雷老师时。她看了看，拍拍我的肩头说："孩子，你很聪明，如果能把聪明劲儿用在学习上，肯定能有更大的进步！"听了老师的鼓励，我的心暖暖的，并暗暗下决心要做一个好学生！

经历了这件事，我对雷老师的看法也发生了实质性的大转变。在与雷老师相处的这三年里，我们共同度过了许多美好的时光。从误会到理解；从陌生到相知；从师生到朋友……

在这即将分别的时刻，我只想对雷老师说出自己埋藏许久的心声："雷老师，谢谢您！我将带着您的谆谆教诲，跨入中学的校门；带着您的鼓励和希望，迎接新的未来。"

感恩寄语

"捧着一颗心来，不带半根草去"这是著名的教育家陶行知的话，也是很多教师的座右铭。面对犯了错误的孩子，不需要批评和指责，老师的真诚而宽容早已深深地打动了孩子的心，这样的能量远比严厉的苛责要强大得多。

举起右手

　　他是一个地道的农民的儿子，从偏僻的农村考进了城里的重点高中，城里的学生家境都很富裕，见多识广，成绩也很优秀，于是面对这一切，他愈发地自卑起来。上课老师提问时，城里学生都争先恐后地抢着回答，可他几乎从不抬头，也从不举手回答问题。他的英语基础很差，而英语课上老师几乎每堂课都要向学生提问，只是几乎从未叫过坐在后排的他回答问题。

　　有一次，老师又提问了，这个问题他不会，旁边的同学们都在抢着举手回答问题，他想反正举手老师也不会叫到自己，受虚荣心的驱使，他也举起了手，结果老师发现很少举手的他居然举起了右手，于是马上叫了他，谁知他起立后哑口无言，惹得同学们哄堂大笑。

　　下课后，他独自坐在教室里还在琢磨那道题，同学们的哄笑声似乎始终在他的耳朵里回响着，他那不争气的眼泪也无法控制，顺着脸颊淌了下来。这时，英语老师进来了，他非常仔细地给他讲解了那道题，然后亲切地说："我们面对学习不要不懂装懂，出生在农村不是你的过错，更不是一种耻辱，相反那是一种资本，你无需自卑。以后我提问时，遇到你懂的题你就举起左手，不懂的题你就举起右手，你甚至可以把手举得比别人还高些，我就知道如何叫你回答问题了。"老师的话使他深受感动。

　　此后的英语课上，他表现得很好，听课的注意力也集中了很多。

期中考试结束后，老师对他说："这一时期，你一共举起左手 31 次，举起右手 14 次，加油，再努努力争取把举右手的次数减到 7 次。"原来，细心的老师还刻意记下了他举左右手的次数。感动之余，他暗暗下定决心不让老师失望，一定要努力学习，争取把成绩提高上去。于是他开始废寝忘食地勤奋苦读，终于功夫不负有心人，期末考试结果出来，他居然考取了全班第一名，老师欣慰地对他说："你以后可以不举右手了。"

感恩寄语

　　在老师严厉的背后，往往都隐藏着一颗细腻而感性的心，他们用真诚和关怀，加上巧妙的教育艺术，让无数落后的孩子重新站在赛道上，勇敢地向前奔跑、追赶，燃起对未来的信心。正因为有了这样的老师，我们年少的时光，在那个时间里被阳光环绕，温暖着我们的心灵。

一节深刻的人生课

　　我的高中是在德国慕尼黑上的，丹尼奥是我的社会科学课老师，他曾在中国待过很长一段时间，对华人比较熟悉，所以生活中我和他关系处得非常不错。

　　我们经常在周末空闲的时候，一起去慕尼黑的中国餐馆里吃饭。为了表示我对他的尊重和中国人与生俱来的好客和热情，每次都是我来买单。而且，每次过完寒暑假回到学校时，我总会带上一些有中国特色的礼物送给丹尼奥。记得有一次，当我得知丹尼奥对中国的紫砂茶壶情有独钟时，我特意让家人专程到浙江的一家专卖店，用不菲的价格买了一套，然后邮寄过来，当我把礼物送给丹尼奥时，他高兴得乐开了花。我们师生之间这种朋友般的关系越来越亲密。

　　不知不觉，在德国的两年学习生涯马上就要结束了。最后，学校特别为我组织了专门考试，按照规定，必须所有的科目全部通过才能顺利拿到毕业证书。作为必修课，我的文学、艺术、数理与科技、体育等课程都丝毫没有悬念地顺利通过，而且都取得了优秀的成绩。然而万万没想到的是，唯独社会科学课只差2分就通过了，这也就意味着我无法拿到毕业证书，必须继续补修，直到通过为止。

　　一想到社会科学的审卷老师是丹尼奥，我就更气愤了。于是，我气冲冲地跑去质问他："为什么不让我及格？"没想到丹尼奥居然一脸无辜地说："是你没有及格，怎么让我给你及格呢？这是你的真实成绩，我无权更改它！"一听这话，我就更加生气了，几乎是冲他嚷道："仅仅差2分，你放一放我不就过去了吗？"丹尼奥无可奈何地耸了耸肩。看着丹尼奥这副"忘恩负义"的样子，想起自己多次请他吃饭还特意准备礼品给他，就再也无法压制内心的不平，大声地对他说："那我每次请你吃中餐，还送你礼品，难道就白请白送了吗？你居然一点都不帮我！"

此时丹尼奥却淡然地对我说："这是两回事，我不能因为吃了你的饭，接受了你的馈赠，就做出违背事实的事情，假如我这么做了，既完全违背了我做人的原则，也违背我们之间友谊的初衷了！"

最终，我通过补修社会科学课，顺利地通过了考试，同时也终于理解了丹尼奥，正是这个"不懂人情世故"的丹尼奥使我明白了一个道理：在与人的交往中，我们不能带着某种目的去"示好"别人，更不能以这种目的去要求或强迫对方为自己做些事。这是丹尼奥在学业之外，教给我的最深刻的一堂人生课，至今我依然将其作为我待人处事的准则，永远铭记。

感恩寄语

老师的爱，不仅仅体现在教授我们知识，更重要的是在我们踏上迷途，或者迷失方向时，带领我们拨开层层迷雾，让我们朝着正确的人生轨道前行。人生本就如一场远行，在蒙昧、困惑、不安的时候，我们多么需要这样一道光，指引我们到达彼岸。

第四章
感恩生活，传递爱心——
感恩的终点是爱心接力

将幸福传播

郝武德·凯礼是个穷学生，他要在课余时间挨家挨户地推销商品来贴补自己的学费。这个晚上，还在推销的凯礼已经饿得发慌了，而他的口袋里只有一枚硬币……于是凯礼决定，走到下一家时向主人家求一顿饭吃。敲门声过后，当一位可爱貌美的女孩子打开门时，凯礼却失去了勇气，他没有讨饭，只要了一杯水喝。但是女孩看出了他的饥饿和窘迫，她端出了一大杯鲜奶给他。凯礼愣了一下，然后慢慢将牛奶喝下，抬头问道，"请问多少钱？"女孩儿笑了："您无须付钱。母亲说，不应该为做善事而要求回报。"凯礼站起来认真地说："那么我只有由衷地感谢了。"当郝武德·凯礼离开时，他觉得自己不仅感觉不到饥饿，反而觉得周身温暖无比，充满了希望和无穷的力量。

数年后，当年的女孩忽染重病，当地医院无法救治，女孩儿的家人将她送进大都市，希望请专家来医治她，他们请到了那里著名的医生——郝武德·凯礼。当凯礼知晓病人是来自某某城的时候，他立刻换上医生服，在护士的引导下进了她的病房。凯利一眼就认出了她，于是，他在心中对自己说"凯利，你一定要治好她！"凯利医生为挽救女孩想尽了办法，终于，在凯利精心的治疗下，女孩终于战胜了病魔！

出院前，批价室将医疗账单送到医生手中，请他签字。凯利看了账单一眼，在账单边缘上写了几个字，然后将账单转送到她的病房里。她不敢打开账单，因为她知道，那笔巨额的费用需要她一辈子才能还清。

嘻哈版 故事会

但最后她还是打开了，而且看到了账单边缘上的字迹，"一杯鲜奶已足以付清全部的医药费！"签署人：郝武德·凯礼。

感恩寄语

　　每个人都渴望真诚和爱心，有时候一个小小的善举，却很可能改变他人的生活甚至命运。而对于付出爱心的人而言，收获的将会远远超过付出。这就是施恩与感恩的力量。虽然每个人的力量很微小，但是如果大家的爱心传递下去、联合起来，那么爱就拥有了无穷的能量。

感恩节的荆棘花束

初冬的寒风透着刺骨的冰冷，珊德拉走进街边一家花店。进门的那一刻，她的情绪简直坏到了极点。很久以来，她的生活里一帆风顺，几乎就没有遇到不顺心的事情。然而今年，就在她怀胎4个月的时候，发生了一场交通意外，她肚子里的小生命在这场事故中丧生，随后她的丈夫又失业了，接连的打击让她濒临崩溃。

"唉，感恩节？我感恩谁呢？是那个不小心撞到我的粗心司机，还是为那个虽然救了我一命，却没能保住孩子的气囊？"珊德拉茫然地想着，不知不觉中来到一团团鲜花跟前。

"您好，我想订一束花……"珊德拉有些犹豫。

"是为感恩节准备的吗？"热情的店员问，"您一定想要那种能表达感激之意的花吧？"

"不，不是！"珊德拉几乎是嚷道，"过去的大半年里，在我身上发生了太多的不幸。"

"那么，我知道什么花最适合您了。"店员立刻说道。

珊德拉有些意外。这时，花店的门铃响了。"嗨，芭芭拉，我这就去把您订的东西拿给您。"店员一边热情地冲刚进门的女士打着招呼，一边让珊德拉稍等一下，然后就进了里面的一个小工作间。不一会儿，她抱满了一大堆的绿叶、蝴蝶结和一把长满了刺的细长的玫瑰花枝，令人惊奇的是，那些修整得整整齐齐的玫瑰花枝上面光秃秃的，连一朵花也没有。

　　珊德拉疑惑地看着这一切，在开玩笑吗？她认为那顾客一定会愤怒，然而，她清楚地听到那个叫芭芭拉的女顾客真诚地向店员道谢。

　　"嗯，"珊德拉忍不住说话了，由于惊奇她有些语无伦次了，"那女士拿着她的……嗯……她居然满意地走了，却没拿上花？"

　　"是的，"店员说道，"我们特别把花都剪掉了，我们叫它'感恩节荆棘花束'"。

　　看到珊德拉充满怀疑的眼神，店员接着说："这还有段故事呢，三年前，芭芭拉来到我们的花店。那时，她的状况和你很像，糟糕的境遇让她觉得生活中没有什么值得感恩的。当时，她父亲患癌症刚刚离世，家族事业也在走下坡路；儿子吸毒，她自己又正面临一个大手术。而我的丈夫也是在那一年去世的，"店员接着说道，"那也是我人生中的第一个一个人过的感恩节。我没有孩子，没有丈夫，没有家人，更没有钱去旅游。"

　　"那么，你怎么做的呢？"珊德拉问道。

　　"哦，我只是懂得了为生命中的荆棘感恩，"店员平静地答道，"很长一段时间，我都为生活中美好的事物而感恩，但是，当厄运降临到我身上的时候，我很久才明白，原来黑暗的日子也在我的人生中有着重要的意义。生活中随处可能存在的荆棘，使我体会到了上帝的安慰是多么的美好。正如《圣经》上说，当我们蒙受苦难时，上帝给予我们安慰。借着上帝的安慰，我们也学会了怎样去带给别人安慰。"

　　珊德拉沉默着，仔细思索着这位店员的话。

　　这时又走进来一个头顶光秃的矮个子胖男人。

　　"您好，我太太让我来取'感恩节特别奉献'的十二根带刺的长枝。"店员将从冰箱里取出来的包装精美的花枝递给了他，那个叫菲利的男人笑着接了过来。

"这是送给您太太的？"珊德拉惊奇地问道，"假如您不介意，您能告诉我为什么会想要这个东西。"

"哦，当然，我不介意，"菲利回答，"四年前，我和我太太面临着离婚。结婚四十多年，我们的婚姻突然陷入了僵局。然而，后来我们又破镜重圆了。这儿的店员对我说，为了让自己铭记在'荆棘时刻'里感悟到的，她总是摆着满瓶子的玫瑰花枝。这正吻合了我的心境，于是就捎了些回家。我和我太太决定把我们之间的问题都写在标签上，然后把它们一一贴在这些没有花的枝子上。然后，我们就为从这些长满刺的枝子上所学到的功课而感恩！"

店员接着说："过往的经历和遭遇告诉我，荆棘虽然丑陋，却可以把玫瑰衬托得更加美丽。人在遇到挫折和困难的时候，会更加珍视生活中的美好和拥有的一切，因此，不要对荆棘抱有恼恨的心理"。

此时，珊德拉已经泪流满面，她哽咽着说："我也买下那十二根带刺的花枝，请问多少钱？"

"不要钱，只要这特别的荆棘能帮助你内心的伤口愈合就好了。店里所有顾客第一年的特别奉献都是我送出的。"说完，店员微笑着递给珊德拉一张卡片，上面写着：

"万能的上帝啊，我曾无数次地为我生命中美丽的玫瑰而真诚地感激你，但却从来没有为我生命中的荆棘而感谢过你，连一次都没有。请你告诉我荆棘的价值，透过我的眼泪，让我看到那更加绚丽明亮的彩虹……"

感恩寄语

　　生活中总是快乐与痛苦并存，我们总是在为生命赋予我们的美好和幸福而快乐，却很少对遭遇的不幸和挫折感恩。其实，正是有了那些让我们困惑、伤痛、甚至绝望的挫折，我们才懂得现在拥有的一切有多么的重要，我们才更能体会生命中的美好是多么得来之不易，我们才更会懂得珍惜。

五元钱的汇票

　　柏年是一名在美国的华裔律师。他的律师事务所开张初期，他甚至连买一台复印机的钱都没有，工作也很辛苦，几乎没有休息的时间。那时，美国恰逢一浪接一浪的移民潮，在这样的大背景下，他接了许多有关移民的案子，经常会深更半夜被唤到移民局的拘留所领人，还要经常周旋于黑白两道之间。他用来代步的本田车，已经掉了漆，却仍然每日在小镇间奔波，他兢兢业业、勤勤恳恳地为事业奋斗着。终于在他的坚持和努力下，电话线由原来的一条变成了四条，办公的场地也扩大了，还拥有了专职秘书、办案人员，后来他那掉了漆的本田车也变成了"奔驰"，出入社交场合处处受人尊敬。

　　然而，天有不测风云，人有旦夕祸福。几乎是一念之差，他的资产投资股票几乎损失殆尽。祸不单行，岁末年初，移民法再次被修改，职业移民名额锐减，他的律师事务所也一时间门可罗雀。他做梦也没有想到，所有的努力和取得的成绩几乎在一夜之间变成了泡影。就在这时，他意外地收到了一封信，写信的人是一家公司的总裁，信中说愿意将公司 30% 的股权转让给他，并聘他为公司和其他两家分公司的终身法人代理。看到这里，他几乎不敢相信自己的眼睛。

　　他决定亲自上门拜访，以解开内心的谜团。

总裁是一个波兰裔的中年人。"对我还有印象吗？"总裁问。

他看了看总裁，茫然地摇摇头。

总裁微微一笑，从办公桌的抽屉里轻轻抽出一张皱巴巴的 5 块钱汇票，递给了柏年。上面还夹着一张名片，印有柏年律师的联系方式。

可是，柏年实在记不起来究竟发生过什么事情。

"我永远不会忘记，十年前，在移民局……"总裁徐徐道来，"我在排队等待办工卡，轮到我的时候，移民局已经快下班了。当时，

《基督在彼拉多面前通过》
丁托列托（1518 年）
即使是在陌生人面前也不要吝啬你的善意，早晚有一天你会受益于你自己播下的善良的收成。

工卡的申请费用涨了五块钱，而我并不知情。移民局又不收个人支票，我身上没有多余的现金，而且如果我那天不能顺利办理工卡，我就将失去那份工作了。这时，是你从身后递给我五块钱，我请你留下联系方式，以便日后把钱还给你，你便将这张名片给了我。"

终于，他也渐渐想起来了，但是还有些半信半疑地问："后来呢？"

"后来我终于成为这家公司的员工，很快如鱼得水的我申请了两

项专利。我到公司正式上班的第一天，就想把这张汇票寄给您，可是却一直没有付诸行动。我孤身来到美国闯荡，经历了数不清的冷遇和艰辛。这5块钱于我而言，意义非凡，它几乎改变了我对人生的态度，所以，我不能轻易地就寄出这张汇票。"

感恩寄语

　　不要忽视举手之劳的帮助，或者一些无心的善举，尽管它微不足道，也许无法改变现状，但是它在人内心产生的力量，往往十分巨大。懂得感恩，是对这种善举的最好回报。懂得感恩的人，永远不会被命运所遗弃。

一双拖鞋的温暖

　　一个大雨滂沱的下午，一个平时热衷于慈善事业的老妇人却在这样糟糕的天气里从家门出来，她想尽快为眼下所烦恼的事情画上句号。

　　老妇人天性善良、乐于助人。她总会捐些东西和钱财给遭遇天灾人祸的人，有时也会买很多衣料送给本市的贫民。但是，眼下的事情性质大不相同，以至于她很难做到像平时那样，痛快地答应。她需要将祖传的土地捐出来建造一座孤儿院，尽管是为了贫苦无依的孤儿们着想，然而她着实无法同意，起码很难短时间内做出回应。这块土地是祖上传下来的，经历了几代人的手，她对那一片土地有无限的感情，更何况，她年近古稀，那块土地几乎就是她此后生活的主要收入来源。这将和她此后的生活密切相关。换句话说，假如她失去了这一块土地，她的生活势必马上就会受到影响。

　　"无论对方怎样恳求，也不能被打动，要不然……"这样想着，老妇人的脚步也就越来越快了。

　　天阴沉得有些吓人，雨点越来越密集，肆虐的风也更加猛烈了。她终于到了，这是一家慈善机构的古色古香的房子。她推开大门，走了进去。由于雨天的缘故，走廊上的地上湿漉漉的。她在玄关口找一双拖鞋。

　　"快请进！"随着清脆的一声问候，一位女办事员赶了过来。那位女办事员注意到没有拖鞋了，没有丝毫的犹豫，就立即脱下她自己的拖鞋给老妇人穿。

"很抱歉，所有的拖鞋都被穿走了。"那位小姐诚恳地向老妇人道歉。

此时，老妇人清清楚楚地注意到那位小姐的袜子踩在地板上，马上就被地上的雨水浸湿了。

老妇人深深地被她的举动感动了。就在那一刻，她才感悟了什么才是真正的"施与"。

她不禁暗暗问自己："是的，人们把我称为慈善家，然而，我究竟做了哪些慈善呢？我捐出来的基本上都是对自己没有使用价值的旧东西，要么就是将多余的零用钱捐献出去。如果那样的话，与其说是'施与'，不如说是'施惠'。所谓的'施与'，应该是将自己最重要的东西奉献出来，那才能显示它的意义和分量呀！"

老妇人的内心突然发生了实质性的转变，她决心将那块祖传的土地捐献给这个慈善机构，为那些无家可归的可怜的孩子们建立起一座设施齐全的孤儿院。

老妇人轻声地对那位女办事员说："这拖鞋好温暖。"

女办事员羞涩地说："很抱歉，我一直穿在脚上，所以……"

老妇人急忙说："不，不，我并不是在责怪你，我的意思是，你的心灵，让我感到温暖。"

说完，老妇人对她亲切地微笑着，随后，急步朝着办公室走去……

感恩寄语

当有人在暗夜里点燃一根蜡烛，也有人在接着这样做，燃尽的蜡烛告诉我们，黑夜里不止这一点光亮。当我们感受到那一点光明时，整个世界都会随之点亮。感恩来自于生活中的点滴之间，懂得感恩，就懂得付出，它们总是相伴而行。

将幸福传播

王老师持续高烧，到医院就医，做 B 超时发现胸部有一块拳头大小的阴影，医生怀疑是肿瘤。同事们知道消息后，纷纷去医院探望。回来的人说："有一个叫李丽的女人，专程从北京赶到唐山看望王老师，看样子不像是王老师的亲人。"也有人说："那个叫李丽的女人，整天守在王老师的病床前，细心的照顾，和王老师的关系应该不一般。"住院期间，每个去医院看望王老师的人回来都会提及一些有关李丽这个女人的事情，甚至有人讲了一件让大家很费解的事情，说看见王老师和李丽两人手里各拿着一根筷子敲打着饭盒，李丽敲几下，王老师也跟着敲几下，敲着敲着，两个人忽然就又哭又笑起来……

十几天后，王老师的病经确诊排除了肿瘤的可能。很快王老师便康复了，高高兴兴地来上班了。有些人对李丽的事情很好奇，于是问王老师。

王老师说："李丽以前和我是邻居。大地震的时候，她被埋在了废墟下面，大块的楼板层层压在她的身上，而父母就在离她很近的地方，已经没有了呼吸，李丽在下面吓得直哭。大家找来木棒铁棍撬，想撬开楼板把她救出来，可是怎么也撬不开，只能等吊车来了。天逐渐黑了，人们都谣传地面要塌陷，大家都急着去抢占铁轨，只有我一个人没去。地震后，我家里活着的就剩下我一个，我把李丽看成了可以依靠的人，就像我老婆依靠我一样。我就通过楼板与楼板的空隙向李丽喊话：'李丽，你不用害怕，我在上面陪着你。现在，咱俩一人找一块砖头，你在下面敲，我就在上面敲，你敲几下，我就跟着敲几下。好，开始吧。'她敲两下，我也跟着敲两下，她敲三下，我便也跟着敲三下……逐渐地，下面的声音越来越弱，后来停了。我也太累了，迷迷糊糊地就睡着了。不知道过了多久，下面的敲击声突然又"当当"的响了起来，我突然被惊醒了，赶忙拿起砖头，回应着那求救般的声音。李丽边喊着我的名字，边哭了起来。第二天，吊车来了，李丽才终于得救了。"

　　大家于是恍然大悟，如今王老师患了病，李丽过来精心地照顾，是对多年前的感恩啊！

感恩寄语

　　我们每个人都有陷入困境的时刻，都有急需要别人伸出援手的时候。对他人的帮助，要懂得感恩，那是对爱心的回应。我们付出了多少爱，同样就会收到多少爱，因为有爱的人生才是充实的人生。

一美元能买到上帝

一美元钱能买些什么呢？一美元＋爱心就可以买到上帝。

午后的大街上有一个8岁的小男孩，手里攥着一美元硬币，沿着大街上的商店挨家地询问："请问您这儿可以买到上帝吗？"店主有的说没有，有的说他在捣乱，很不耐烦地把他撵出了店门。小男孩丝毫没有放弃的意思，天色渐渐暗了下来，他还在执著地找商店要买上帝。

最后，他走进了一家商店。店主是个老头，白发苍苍，和蔼可亲，他热情地接待了这个小男孩。当男孩告诉他想要买上帝时，他微笑地问："亲爱的孩子，你能告诉我，买上帝要做什么吗？"

于是，小男孩伤心地流下泪水。他告诉老头，他名叫里斯，是个孤儿，被约翰叔叔收留抚养的。约翰叔叔很爱他，每天教他读书，写字，还教给他很多人生的道理。

约翰叔叔是一名建筑工人。但是不幸的是，他不久前从脚手架上摔了下来，伤势严重，迄今都昏迷不醒。医生说，除了上帝以外，没有人可以救他。里斯想，上帝一定是无所不能的东西，我把上帝买回来给叔叔吃，他的伤就会好起来。

里斯讲到这，老爷爷的眼圈红了，他问里斯："孩子，你有多少钱呢？"

里斯谨慎地说："我只有一美元，可以买上帝吗？"

"呵呵，我的孩子，上帝的价格恰好是一美元啊，你真太幸运了！"

老头拿过里斯手里的一美元硬币，从架子上拿瓶"上帝之吻"牌的饮料说道，"孩子拿去吧！你叔叔喝了这'上帝'，就会醒过来，病情也会好转的。"里斯喜出望外地将饮料抱在怀里，一路跑着到了医院。一进叔叔的病房，他便举起那瓶"上帝之吻"，开心地喊："叔叔，你看，我把上帝买

回来了，你马上就会好的！"

不久，约翰叔叔康复出院了。可是，当他看到医疗费账单上那巨额数字时，差点没吓昏过去。但是医院负责人告诉他，有个老人已经付清了医药费，而且还帮他请了一个由世界上顶尖的医学专家组成的医疗小组来到医院给他会诊，他们采用世界上最先进的技术，治好了约翰的

《向日葵》 梵高 (1888 年)
真正可贵的，是那种平平淡淡的生活，那里面才蕴藏着生活的真谛。

病伤。

　　原来那个商店的老人是个亿万富翁，原是一家跨国公司董事长，退休后，隐居在本市，用开杂货店打发余下的时光。约翰激动不已，他马上叫里斯带自己去感谢那位帮助过他们的老人。但是在他们找到那家商店的时候，老人已将杂货店卖掉，并且出国旅游了。

　　没有办法，约翰找不到老人，只能将此事搁置了。他和里斯仍然过着平淡、快乐的生活。

　　就在他们差不多把这事忘记的时候，一天，约翰却收到了一封老人写来的信，信中说："年轻人，现在，您和里斯重新过上幸福的生活了吧。我想告诉你的是，你能有里斯这个侄儿，太幸运了。为了挽救您，他拿着一美元到处去购买上帝……您应该感谢'上帝'啊，是他救了您的命。但您一定要永远牢记，在这个世界上，真正的上帝就是人们的爱心！以后，希望您还能始终如一地教育里斯做人，这对孩子们来说，是非常珍贵的！"

感恩寄语

　　世界永不停歇地在变，可有些东西，却是永远不可或缺或者也不会改变的，那就是爱心。爱是人类生存的支柱。因为有爱，因为感恩，人与人之间才会相互帮助和拯救彼此，每个人都献出一点爱，人才会在爱的海洋里健康快乐地生活。

爱心司机

　　我的家在一个山沟里，每天上学都要走两公里的山路，所以在天不亮的时候就要起床，在日落西山时才能到家。每年冬天，寒风刺骨，到家时，身体已经冻得浑身僵硬了。但这一切都在去年夏天改变了。

　　张昊叔叔是我们村客运公司的驾驶员，去年5月，他开着长途客车向城里开去。车正好在我们村这儿坏了，我爸爸帮他修了车，并且留宿一晚。第二天一早，我乘着张昊叔叔的顺风车上学，带上几个同学。在路上聊天时，张昊叔叔了解了我们的情况。

　　出乎意料的事情发生了，第二天一早，张昊叔叔准时出现在我们的村口，还让我叫上其他孩子，一起乘他的客车上学。从那天起，这辆客车便成了我们几个小孩的专用校车。他每天免费接送上学和放学，每年要少赚了七八万元。

　　记得有一次，我在车上跟他交谈，他对我说："你们这些农村孩子上学放学真困难呀，起床早，赶远路，我也只能做这些了。"开始，张昊叔叔的家人不理解也不支持他。"这不是智障吗？车上原本只有27个座，每天拉着这么多学生，要是磕碰了，怎么办？还挣不挣钱了？"张昊叔叔朴实地回答："我就是看着孩子们可怜。"

　　张昊叔叔一家5口人，算上儿子儿媳还有孙子在内，全家都住在50平方米的单位宿舍楼。而他自己，双手粗糙，衣着简陋，一双破皮鞋上沾满了泥巴。因为他每天晚上一定要在村里住一宿，村委会特此把一间办公室让出来，留给张昊叔叔当宿舍。晚饭时，不管谁家做好吃的，都抢着给张昊叔叔送去。偶尔，村民还送给他一些家鸡、笨鸡蛋，还有，大家送给他一个外号："活雷锋"。

去年春节，村里组织召开联欢会，张昊叔叔在会上做了一番感人肺腑的讲话："小时候，我正好赶上学雷锋的潮流，这对我影响很大。后来，我当过兵，做过船员，在工厂里做过内勤，碰到不少穷人，尤其是很多人曾经帮助过我。小时候，邻居们就经常来照顾我，有时我家大人不在，就带我到村里人家吃一口，有时见我拿的东西多了，帮我分担一些。特别是在车辆承包后，刚开始我开大卡车，但是大卡车成本太大了，公司又借钱帮我换小车。

"那年最让我难忘的是我刚把车开到村头，就听到鞭炮声震耳欲聋，村主任拿着大红花，挂到我的车前。并且说，你以后就是我们村的人了，有事你说话。第二天走的时候，村里所有的摩托车都出来给我开道。我这一辈子都没有见过这种场景，我边开车边流泪，心想，我一定要报答这里的乡亲们！"

感恩寄语

司机叔叔的举动受到了全村人的赞许和肯定，只要人间充满爱，我们每个人都心存有感恩之情，这个社会就会变得和谐和美好！

善良的回报

那是一个令人窒息的日子，平静的空气增添了许多凝重。谢广兵的妻子遭遇了一场突如其来的车祸，这样的噩耗令他难以承受，更令人无法接受的是，肇事者逃跑了。这时候，经过专家诊断，医院发出了病危通知单。

这对谢广兵来说，简直就是祸从天降，他根本无法支付这样昂贵的医疗费用，他与妻子二人都是普通的工人，还有一个孩子，家里根本没有足够的存款，所有的急救费和医疗费用合起来，简直就是天文数字呀！

就在这迫在眉睫的时候，邻床病人的女家属探视，得知谢广兵家的不幸遭遇后，对此事满腔义愤，她对谢广兵说："中国是爱心的民族，是法制的国家，你放心，我帮你讨回公道。"大姐马上把随身携带的2000元钱拿出来让谢广兵急用。谢广兵感激不已，潸然泪下，紧紧地拽住了大姐的手。

这位爱心大姐办事真是利索，不仅很快地帮谢广兵联系好律师，帮他打赢了这场官司，还帮他垫付了全部的医药费。前不久，那个肇事的司机在法律面前终于承认了自己的罪行，同时还支付给谢广兵2万多元的赔偿金。谢广兵拿到这笔赔偿金后，几经周折，终于找到了那位帮助过他的大姐。当谢广兵还给这位恩人钱时，大姐却含蓄地说："这些钱你还是留着急用吧，病人刚刚好转，再好好调养一段时间再说吧。"

善良的大姐真的让谢广兵全家感动，他们决定好好生活、努力工作，来报答大姐。谢广兵的家庭状况在他的努力下日益好转，谢广兵决定去大姐家拜访，顺便把钱还了，哪知道这时候他得知了一个让人吃惊的消息：大姐的丈夫得了白血病，全家人正在着急变卖房产为丈夫治病。谢广兵拨通了大姐家的电话说："大姐，听说白血病需要骨髓移植，明天我就去医院试试，看能不能成功。"

　　令人遗憾的是，谢广兵的血型与大姐的丈夫血型不能匹配，但他找到了媒体把两家相互救助的事情公之于众。此事曝光后引起了许多人的关注，大家踊跃地帮助大姐想办法，她的丈夫最终找到了相符的骨髓干细胞，手术后通过了排斥反应，重新开始了新的生活。

感恩寄语

　　人与人之间是有爱心的，我们是怎么对待别人的，别人就怎么对待我们。因此想要这个社会充满爱，我们必须要懂得付出，学会感恩，让善良永远陪伴我们左右，用我们的爱心，照亮整个世界。

圣诞老人的礼物

圣诞节即将来临，邮局的员工正在阅读无数寄给圣诞老人的信件时，发现只有一名叫哈利的小男孩在信中并没有向圣诞老人要他自己的节日礼物。

信中写道："亲爱的圣诞老人，我唯一想要的一个礼物就是给我妈妈一辆电动轮椅。她两腿无法走路，双手没力气，那辆手摇车不能再用了。我多么希望她能到室外看看我做游戏呀！你能满足我的这个愿望吗？爱你的哈利。"

工作人员读完后，泪流不止。她决定为哈利和他的母亲尽力。

于是，奇迹般的故事随后就发生了，她拿起了电话首先打给一家叫"行动自如"的轮椅供应商，总经理当时决定赠送一辆电动轮椅给哈利，并且在星期一就送到他的家里，同时还印上圣诞老人的标记。显然，他们都是圣诞老人的支持者。

星期一，这辆轮椅送到了哈利家的单元楼门前。哈利的妈妈感动地哭了。她说："这是我一生中度过的最美好的圣诞节。今后，我不用再整日困在家里了。"她和儿子都是在十几年前的一次车祸中导致伤残的。她的脊骨骨节破裂，要靠别人扶坐在这辆灰白色的新轮椅上，在附近的停车场来试车。

赠送轮椅的公司代表对哈利的妈妈说："您的儿子是一个一心只想为妈妈而不是自己的孩子，我们觉得应该为他做些事，有时，金钱并不是万能的。"

邮局工作人员还赠送给他们一些食品包括一些孩子喜欢的礼物。哈利把一些食品装在漂亮的袋子里送给楼下的邻居们了。

哈利说："把东西送给那些需要的人，我们会感到很快乐。妈妈告诉我说，应该时刻如此，大概圣诞老人就是这样考验人们的。"

感恩寄语

感恩的心，会创造出爱的奇迹。而将感恩的心连同帮助他人的举动传递下去，是这个世界上最美好的事情。

玫　瑰

　　一个秋天的傍晚，石头和几个朋友围坐在这个小城的饭店一角里喝着小酒谈天打发时光。无意间，他看见橱窗外的路边有一个十一二岁的小姑娘提着一花篮的玫瑰出售。她不叫卖，只是将一枝红艳欲滴的玫瑰拿在手里，看着过往的行人。

　　黄昏的街头，那些来来往往的人流，都行色匆匆地往家走，几乎没有什么人能注意到女孩和她满篮子美丽的玫瑰花。

　　石头也只看了她两眼，没有买花的想法，终究在这样一个现实的社会中，人们已经失去了买花的浪漫。他又开始安心和朋友喝酒，不再关注那个卖花姑娘。

　　不知道又过了多长时间，那个卖花的小姑娘竟然站在了石头所在的饭馆门口。她胆怯地地站在那里，脸上充满了焦急和忧虑，用她那略带外地口音的普通话问道："老板，可不可以卖我一碗蛋炒饭？"

　　正在招待客人的老板赶忙调过头去看她，饭馆里的客人也循着声音朝门口望去。小姑娘被大家一关注，顿时惊慌失措了，埋着头站在那，小手不停地捏转着衣角。

　　"当然可以呀，小姑娘快进来坐吧！"老板热情地招待她。"哦，不，不用了，我在门口等着就行了，您拿袋子给我装上就行。"小姑娘害羞得面红耳赤，急急地说。

　　石头和朋友们对此都非常好奇，停下来看着小姑娘。老板依然是一副和蔼可亲的样子："没关系啊，你先进来坐，天凉了。"可是卖花的女孩还是仍然不肯，固执地站在门口，低着头。最后饭馆的老板帮她装好方便袋，她才轻松自如地拎起就走。临走时对老板感激不尽，还愉快地付了两元钱。

石头和朋友们立刻展开讨论，都奇怪那么大份的蛋炒饭怎么只值两元呢？向老板询问，果然没错。老板说，小姑娘的蛋炒饭一定不是买给自己的。因为她在饭馆外卖了那么长时间的玫瑰花，她都没进来买过一次饭，甚至很少能看见她吃什么东西。老板揣测，女孩一定是为她遇到了困难的亲人或朋友买的。

"我卖给她的是两份蛋炒饭。"老板说。

老板的话让石头和他的朋友甚至是饭馆里其他的顾客感动，人心

玫瑰是美丽的，但当它放在善良的人手里会绽放的更美丽。

不古，能有这样重情义的老板不多见了。

过了一会，只听老板大喊不好，忘了给小女孩方便筷了。石头正对那女孩子的故事充满了兴趣，立刻挺身而出说他给她送去。

走出饭馆门口，石头扫视一遍大街，终于在一个拐角处发现了卖花的小女孩，她正在用手抓饭喂一个中年女人。那中年女人看起来像是生病的样子，蓬首垢面，看见石头走过来，黯淡无神的眼神望着他。而那卖花的小姑娘喂饭的手停在半空，不知如何是好。

石头不忍看到她们如此受到拘束，连忙解释说："你忘了拿筷子。我把筷子给你送过来了。"小姑娘松了一口气，赶忙说谢谢。

石头本想与她们聊天，顺便打听她们发生了什么事情，可是两人都很尴尬，石头也就不再问了。但是石头想，她们一定是母女两个吧。

在石头临走时，女孩递给他一朵红艳欲滴的玫瑰，让他转交给饭店的老板，说是感谢他的热情帮助。

石头手拿着那枝玫瑰，立刻感到有千斤重。老板的热心，小女孩的憨厚，让他感慨不已。原来世界上有这么多懂得去爱，也值得被爱的人啊。就像那一朵玫瑰，不光是外在美，还有那永不散掉的幽香。一朵玫瑰代表一个小小的爱的世界。

感恩寄语

生活里总会有这些小爱，虽然不惊天动地，也不波澜壮阔，但就在不经意间，在人们心里荡起小小的涟漪。爱根本不需要刻意地制造，只是在一个需要的时间，自然地流露。

如果你是个有心的人，不管多忙碌，都会在任何时候，为了一朵玫瑰的绽放，不假思索地把爱和盘托出。

陌生人爱心基金会

一天，在保险公司工作的肖洛夫碰到了麻烦，在为客户处理一笔理赔款时，被不明缘由地控以诈骗罪逮捕入狱，法院判处他五年的监禁。这个不幸发生后，女友也无情地离开了他。

对于一个年轻人来说，五年的时间太过漫长，而肖洛夫过惯了自由的生活，面对漫长的牢狱生涯，他茫然得不知所措，他甚至对自己感到绝望。肖洛夫在监狱里熬过了郁闷的第一周，他快要崩溃了。这时，突然有人来探望他。可是他在英国举目无亲，他实在想不出有谁会来探望他。

走进会见室，他不由地呆在那里，原来是花店的老板萨耶。萨耶带了一束漂亮的花给他。

尽管只是一束花，却让肖洛夫在暗无天日的牢狱生活中，看到了曙光，也使他依稀看到了人生的希望。萨耶走后的时间里，尽管身处牢狱，他却开始不停地大量地读书，并开始钻研电子科学。

三年后，他终于获释，先受聘于一家电脑公司，不久便自己创立了一家软件公司，两年以后，他已经身价过亿。

已经成为富豪的肖洛夫，亲自去看望萨耶，却得到了萨耶已于两年前破产的消息，萨耶一家人陷入了困境，举家迁往乡下。

肖洛夫把萨耶一家从乡下接回城市，还买了一套楼房给他，并且在公司里特意为萨耶留了一个职位。肖洛夫说："正因为你的花，让我重新对人生燃起希望，使我对人世的爱和温暖又有了信心，是你的花带给我战胜厄运的勇气，无论我为你做什么，都难以回报当年你对我的帮助，我还想以你的名义，捐献出一笔钱，让天下所有遭受不幸的人都能感受到你博大的爱心。"

后来，肖洛夫果然专门捐出一大笔钱，成立了"陌生人爱心基金会"。

感恩寄语

爱是一种特别的人生情感，如同绽放的花朵，美丽了别人，自己也收获了果实，对别人给予我们的帮助，要心存感激，只有懂得感恩的人，才能在人生的路上走得更远，才能将更多的爱心，传递给需要帮助的人。

播种爱心

　　一天，编辑部的张斌到邮局领取稿费，心情不错。到了邮局，人并不多，一个年过花甲、头发花白的老人排在张斌的前面，老人戴个老花镜，衣服已经破烂不堪。张斌想，他肯定是来取子女们寄给他的钱吧，他的手中还拿着一张报纸。

　　老人的衣服满是油渍，张斌见此情形不由得站远了一些，以免弄脏自己新买的外套。张斌正专注于听着歌，老人忽然转过身来，冲他伸出手，张斌急忙摘下耳机，老人说："小伙子，你能不能帮我去柜台取张汇款单？"

　　张斌拿了一张递给他。老人又说："小伙子，你能不能帮我写一下？唉，人老了，看不清楚了，戴上花镜也怕写不好。"张斌感觉有些无奈，但看到老人那么恳切，就答应了。"寄到哪里？"张斌问，"就按这报纸上印的地址寄吧。"老人指着一篇巴掌大块的文章说。

　　张斌很快地扫了一遍那篇有些煽情的报道，文章说是某个山村的一个小女孩，父母在去县城卖菜的途中遭遇车祸，肇事司机逃逸，她只得与80岁的奶奶相依为命，学费生活费都没有着落。

　　"太可怜了。"老人说。

　　"骗人的吧。这八成是骗局。连照片都没登，怎么能轻易地相信啊？"

　　老人很坚持："一定是真的。我以前就给这个地址寄过，人家还回信了呢。你说，谁会在生活不错的情况下，还这么求人呢？肯定是过不去这道坎了，对吧，小伙子？"

张斌抬起头来，仔细打量这个瞬间感动了自己的老人。他其貌不扬，穿戴寒酸，摊开的双手满是老茧。老人感叹着："小的时候家里没钱，要不是邻居们帮衬着我们，我肯定活不到现在。我得感恩哪！如今有人比我需要帮助，我也要尽点自己的力量。人与人之间互相帮衬是理所当然的……"听老人这样说，为保险起见，张斌给那家报社打了电话，报社回应说，他们了解老人的态度，还说，老人每月都要坚持寄钱，他们非常感谢老人的善举。

老人每月的退休金只有 500 元，然而那天老人却寄出了 300 元！张斌被震撼了，老人几乎是倾尽所有。老人说："下个月我还得寄，我得保证她们祖孙俩起码别饿肚子。"

不知为什么，张斌的眼睛湿润了，假如不是亲手填写这张汇款单，他无法让自己相信一个仅能满足自己温饱的人，还要把钱寄往一个更穷的地方，帮助生活更困难的人。那一刻，他的心除了感动，还有些隐隐的不安。

那天，张斌领取的稿费将近 2000 元，他也从柜台取了一张汇款单，按照老人要寄去的地址，寄去了一点钱。老人很感激，不住地说："小伙子，我替她们祖孙谢谢你！"

张斌连忙摇头，其实自己要感谢老人，正是老人那种本真的善良，那颗感恩的心，唤醒了自己心中曾经被忽视和遗忘的东西。和老人告别后，张斌觉得心里很温暖。

感恩寄语

也许，这个社会有时是冷漠的，我们也会遇到斤斤计较的人。但是，只要你有一颗感恩的心，愿意帮助他人，对善良和友爱充满信心，就能感受到生活的热情和世界的美好。

幸福是感恩的伴

一个女人看见自家门口坐着三位陌生的老人，便主动询问他们："你们饿了吧，快进屋吃些东西，暖和一下吧！"

"你家男主人在吗？"老人们异口同声地问道。

"他出去了，没关系，你们进屋来吧。"女人说道。

"如果他不在，那么我们就不进去了，等他回来再说吧。"三位老人说。

晚上，丈夫回家后，女人把这件事告诉了他。丈夫立刻说道："快去请那些老人进来吧。"

于是，女人再次出去请三位老人进屋。可三位老人还是不肯进来。其中的一位老人说道："我们三个人不能一起进到屋子里。"女人奇怪地问道："为什么呢？"这位老人指着其他的两个人说道："我们三个的名字分别是财富、成功和爱，我们只能有一个到你们家去，你和家里人商量商量，看看需要请我们其中的哪一位。"

女人很无奈，只好回到屋子里同丈夫商量该怎么办，丈夫听后十分高兴，连忙说："那我们邀请财富老人吧，快点让他进屋子里来！"可是妻子却认为："我们为什么不邀请的是成功老人呢？"而在旁边听父母讨论的儿子却认为："我们应该请爱老人进来，那样我们家将会充满爱。""那么听儿子的建议吧。"丈夫对妻子说。

　　商量决定好了，女人走出屋外请爱老人进屋，可是她一回头却发现另外两位老人也跟着进来了，她惊喜地问道："你们不是不能一起进屋吗？"三位老人一起回答道："哪里有爱，哪里就有财富和成功！"

感恩寄语

　　爱是美好的，也是伟大和无私的，在渴望得到别人的爱的同时，自己本身也应该抱有一颗爱心，当我们为别人付出爱心的时候，自己也会收获爱的满足，能感受到真正的快乐，这种满足和快乐不会随着岁月的流逝而消散，反而会在时间的长河中，日久弥香。

上帝之手

生活中我们应该常常想到感恩，因为这样我们才能更加善于发现美并欣赏美。

穷人区里的小学一班的老师要求她的学生用笔描绘出最让他们感激的画面。

她猜想他们多半是画桌上的烤火鸡和其他食物，因为这些是穷人家的小孩特别向往，而且看到后也最容易心生感激的东西。

但是，当老师发现杜格拉斯的图画时，她非常吃惊，那是以童稚而有些拙劣的笔法画成的一只手。这只手的主人是谁？所有人都对这抽象的图案产生了兴趣。

"哦，我猜这是上帝赐给我们每一个人的手。"一个孩子这样说。

"我觉得那是一位农夫的手。"另一个孩子若有所思地说。

直到全班都恢复了安静，同学们都继续做自己的事情，老师才走过去问杜格拉斯，那究竟画的是谁的手。

"老师，那是你的手。"孩子小声地说。忽然，老师想起来了，休息时间自己经常会牵着孤单的杜格拉斯散步，她也经常这样对待其他的孩子，但对孤独的杜格拉斯来说，却有着特别的意义。

仅仅是日常的牵手散步，却让杜格拉斯的心中充满了感激，他甚至觉得那是他的人生中最温暖和难忘的手。这只手，会让他觉得生活中有阳光的温暖，有鸟儿的快乐啼叫，有来自他人的关爱，他并不孤独。

　　是的，我们每个人的一生中都会遇到要感谢的人和事。或许并不是什么大恩大德，仅仅是生活中的点滴小事，比如，感谢母亲无私的付出，感谢朋友热心的帮助，感谢人与人之间的关爱和理解……对很多给予者来说，也许并不值得一提，但是它带给被帮助的人无限的希望和温暖。

感恩寄语

　　上帝之手无处不在，只要永远怀有一颗感恩的心，用感恩的视角来看世界，来对待生活，我们就能时时拥有平凡中的美丽，会以更坦荡的心境、开阔的胸怀来面对生活中的苦乐，让原本平淡的生活也拥有绚丽的精彩！